"风情万种哈尔滨" 系列

哈尔滨之美

散文集

● 蒋蓁 著

哈尔滨出版社
HARBIN PUBLISHING HOUSE

图书在版编目（CIP）数据

哈尔滨之美 / 蒋蓁著 . -- 哈尔滨：哈尔滨出版社，
2025.1. -- ISBN 978-7-5484-8231-4

Ⅰ.I267

中国国家版本馆 CIP 数据核字第 20248CS075 号

书　　名：哈尔滨之美
　　　　　HARBIN ZHI MEI

作　　者：蒋　蓁著
责任编辑：刘　丹　杨浥新
封面设计：哈尔滨今佳快印有限公司

出版发行：哈尔滨出版社（Harbin Publishing House）
社　　址：哈尔滨市香坊区泰山路 82-9 号　邮编：150090
经　　销：全国新华书店
印　　刷：哈尔滨市石桥印务有限公司
网　　址：www.hrbcbs.com
E – mail：hrbcbs@yeah.net
编辑版权热线：（0451）87900271 87900272

开　　本：787mm×1092mm　1/16　印张：17.5　字数：168 千字
版　　次：2025 年 1 月第 1 版
印　　次：2025 年 1 月第 1 次印刷
书　　号：ISBN 978-7-5484-8231-4
定　　价：88.00 元

凡购本社图书发现印装错误，请与本社印制部联系调换。
服务热线：（0451）87900279

哈尔滨之美

| 代　序 |

哈尔滨之美，闻名遐迩。

哈尔滨之美，究竟美在哪里？又是怎么个美法呢？

哈尔滨之美，荟萃在哈尔滨那些优雅而熟悉的美名里。每一个美名，都是一个五彩缤纷、色彩斑斓的万花筒，一个美的世界。

哈尔滨之美，美在"东方莫斯科""东方小巴黎"——俄罗斯与欧陆风情之美。国内没有一座城市受俄罗斯影响如此广泛、深刻和根深蒂固，万般"洋气"。知道莫斯科商场在哪里吗？当然在莫斯科，对。此外呢？在老哈尔滨。位于南岗区的黑龙江省博物馆，那一溜靓丽的折衷主义风格的黄色建筑，当年就是著名的莫斯科商场。随处可见的东正教堂和俄罗斯风格的建筑、民宅和建筑小品，洋艺术奠定了城市骨架；离不开的大列巴、里道斯、格瓦斯、巧克力等食品之美，形成独特的多元化城市饮食文化；皮夹克、布拉吉、长筒靴，引领着那个世纪的服装潮流；喂得罗、马神克、玛达姆、木刻楞，无处不在的语言融合；夏日野游，三九冬泳，无处不体现俄罗斯文化和习俗的影响。

哈尔滨之美，美在"建筑艺术博物馆"——经典荟萃的建筑艺术之美。中国古典建筑、欧式建筑、俄罗斯传统建筑、犹太建筑等，荟萃一城。如同精美的"展品"，模特般伫立城市的路旁街角，风姿绰然。就拿欧式建筑来说，你可领略圣·索菲亚教堂——拜占庭风格建筑艺术之美；哈尔滨基督教会（原德国路德会教堂）——哥特式风格建筑艺术之美；哈尔滨市少年宫（原梅耶洛维奇大楼）——文艺复兴风格建筑艺术之美；中央大街教育书店（原松浦洋行）——巴洛克风格建筑艺术之美；东北烈士纪念馆（原东省特区区立图书馆）——古典主义风格建筑艺术之美；黑龙江省美术馆（原日本横滨正金银行哈尔滨分行）——新古典主义（古典复兴）风格建筑艺术之美；和平邨宾馆1号楼（贵宾楼）——浪漫主义（哥特复兴）风格建筑艺术之美；秋林公司——折衷主义风格建筑艺术之美；马迭尔宾馆——新艺术运动风格建筑艺术之美；哈尔滨国际饭店（原新哈尔滨旅馆）——装饰艺术运动风格建筑艺术之美；黑龙江日报报业集团大楼（原哈尔滨弘报会馆）——现代主义风格建筑艺术之美。此外，还有中央大街欧陆建筑的欧陆风情之美，等等。

哈尔滨之美，美在"冰城"——"冰天雪地也是金山银山"的冰雪文化艺术之美。1963年诞生的哈尔滨冰灯艺术游园会已举办48届；1999年开启的"哈尔滨冰雪大世界"也已举办24届。神奇的哈尔滨，哪一个冬天不是美得没法没法的啊。人们向往的神话世界和童话世界，在这里都能得到体验，一旦钻进魔幻般的冰雪童话里，一生都出不来——会凝结在记忆深处。

哈尔滨之美，美在"夏都"——"哈尔滨的夏天多迷人"的浪漫之美。"浪花里飞出欢乐的歌"的风情万种、美丽诗意的松花江，"多么令人神往"的青春靓丽的太阳岛，"丁香之城"无处不在、令人心怡的浓郁芳香……江畔，不夜之夜，清风入怀，舟中揽月，江流灯火，小酌微醺的人间仙境，美醉啦。"夏都"，需品，有品位方会品味。

哈尔滨之美，美在"音乐之城"——"浪花里飞出欢乐的歌"的旋律之美。闻名中外的中国·哈尔滨之夏音乐会，从1961年起步，已走过一个甲子之年。曼妙妖娆的哈尔滨大剧院，晶莹剔透的哈尔滨音乐厅，洋气典雅的哈尔滨老会堂音乐厅，哈尔滨音乐学院充满异域风情的音乐厅，音乐公园的交响回荡，中央大街的阳台音乐会，防洪纪念塔下的精彩大合唱，太阳岛上的迷人歌声，中央大街无处不在的悠扬乐曲，"音乐之城"无处不在的旋律之美，令你终生难忘。

哈尔滨之美，美在"天鹅项下珍珠城"——北国风光的诗情画意之美。1959年，中华人民共和国诞生十周年前夕，时任黑龙江省委书记处书记的强晓初从中国地图上黑龙江省的形状得到灵感，在一首诗中写道："美丽富饶黑龙江，好似天鹅昂首唱"。从此，天鹅，成为黑龙江省的雅称。同年10月，时任哈尔滨市市长的吕其恩在《人民日报》副刊发表长篇散文《天鹅项下一颗珍珠》，将哈尔滨比喻为天鹅项下的一颗珍珠，形象地为哈尔滨做了城市定位。六十多年了，这颗天鹅项下的珍珠，愈加璀璨，愈加夺目，闪耀着迷人的光芒。在松花江畔或美丽的太阳岛上，可看到天鹅昂首振翅、高亢歌唱的雕像之美。

哈尔滨之美，美不胜数，美不胜收哇！恰似一句四川民歌的歌词："提起了我的家乡（噻），那龙门阵就摆不完（啰喂）……"

说了这么多，其实，只是个"提纲"。每一个"小标题"后面，都是一片美的"大天地"，一本厚重的书，一个美的世界。何况，还有那么多尚未列入"提纲"的美呢！比如吧，哈尔滨的人，美。其实，不用说，"地球人都知道"。

哈尔滨之美，美得有深度，有广度；美得有外在，有内涵。实际上是哈尔滨独特历史和多元文化精华的具体体现。看似街边一幢不起眼的欧式风格建筑，实际上背后就是一串欧洲建筑风格、欧洲历史、欧洲文化的久远故事；听似一首简单的《小夜曲》，可能就蕴含着音乐史上一段迷人的传奇或佳话；冰天雪地里，吃上一根马迭尔冰棍儿，会立马感悟到"冰城"的丰富内涵；夏日里，随优美歌声在松花江畔、美丽的太阳岛或丁香公园的花丛中来一张美拍，就能体会到"夏都"的高雅浪漫。

爱美之心人皆有之。而对于哈尔滨之美，仅有爱美之心是远远不够的。法国大雕塑家罗丹有一句名言："这个世界不是缺少美，而是缺少发现美的眼睛。"发现哈尔滨之美，除了好奇心、爱美之心，还要有发现美、欣赏美的能力和一定的历史文化知识，尤其最重要的是——对哈尔滨的爱。

哈尔滨，美！今后会更美！

蒋 蒹

（原载2023年11月3日《哈尔滨日报 太阳岛》 本文有删改）

目录

"东方莫斯科""东方小巴黎"
——俄罗斯与欧陆风情之美

"东方莫斯科""东方小巴黎"的由来 ...3

哈尔滨名片 ...8

徜徉在中央大街 ...13

中央大街：穿越百年之旅 ...17

中央大街"面包石"的传说 ...23

伏尔加庄园遐想 ...26

"遁"去的遁园 ...31

日丹诺夫的艺术足迹 ...38

闲话"哈尔滨话" ...42

一本书读懂老哈尔滨

——读辽左散人《滨江尘嚣录》...46

趣聊当年的"哈尔滨八大怪" ...51

"建筑艺术博物馆"
——经典荟萃的建筑艺术之美

漫说"建筑艺术博物馆"...61

"珍珠项链"...68

我的 City Walk...73

欧陆风情街...79

圣·索菲亚的智慧...87

趣聊巴洛克...91

防洪纪念塔的建筑风格...95

艺术"杂糅"与折衷主义建筑...100

摩登时代...105

"建筑是凝固的音乐"...110

"拧巴"中前行的建筑艺术风格...114

"相看两不厌"...121

欧式建筑"艺术圈"...126

"米尼阿久尔"

——新艺术运动最后一抹余晖 ...131

逝去的经典 ...134

"中华巴洛克" ...138

哈尔滨老道外的欧式建筑 ...143

"小"建筑"大"风格 ...146

"冰城"

——"冰天雪地也是金山银山"的冰雪文化艺术之美

"冰城"银色三千界 ...153

冰雪艺术的桂冠 ...157

我爱你,塞北的雪 ...161

雪花那个飘 ...165

"夏都"
——"哈尔滨的夏天多迷人"的浪漫之美

江畔夕照 ...173

品"夏都" ...177

"夏都"的夏 ...181

年年花发满城香 ...186

太阳岛,你在哪里?
——太阳岛浪漫"三部曲" ...190

"我们来到了太阳岛上" ...196

往事回眸:夏日泛舟松花江 ...201

"米尼阿久尔号"浪漫之舟 ...206

江畔情愫 ...210

"音乐之城"
——"浪花里飞出欢乐的歌"的旋律之美

世界在歌声中听到了你 ...217

"音乐之城"随想 ...221

"宫"中"哈夏" ...226

金色音画扑面来 ...231

舞动的巴扬 ...235

《1812 序曲》...238

飞过半个世纪的半首歌 ...242

念故乡 ...247

"掌声协奏曲" ...251

"天鹅项下珍珠城"
——北国风光的诗情画意之美

天鹅项下珍珠城 ...259

后记 ...264

"东方莫斯科""东方小巴黎"

俄罗斯与欧陆风情之美

"东方莫斯科""东方小巴黎"的由来

哈尔滨的两个美称:"东方莫斯科""东方小巴黎",享誉中外,闻名遐迩。

同许多慕名而来者一样,对这座洋气十足的城市,爱之有加,作为哈尔滨人,还多一层自豪感;遗憾的是,同许多人一样,对为什么有这样的名称,理解上囫囵吞枣,说起来囫囵半片,作为哈尔滨人,心里也常有愧疚感。

从两本对哈尔滨影响较大的书中,得到一些启示。一本是辽左散人刘静严于民国十八年(1929年)出版的《滨江尘嚣录》("居游哈尔滨者之唯一指南");一本是原哈尔滨建筑工程学院建筑系主任,建筑研究所环境心理研究室主任常怀生(1929年10月27日—2019年5月7日)教授著于1990年的《哈尔滨建筑艺术》。

用常怀生教授的话概括,"东方莫斯科"是指哈尔滨的城市形象;"东方巴黎"(常怀生教授说法)是指哈尔滨的城市建筑。

"东方莫斯科"的来历：

尽人皆知，哈尔滨是中东铁路用火车"拉"来的城市。1898年，沙俄殖民主义者为扩张其势力影响，同时出于对故土的眷恋之心情，确定仿照莫斯科的面貌规划建设哈尔滨。1900年，在全市最高点——秦家岗（南岗）中心，建成了东正教圣尼古拉教堂。从此，在哈尔滨确立了"东方莫斯科"的形象，圣尼古拉教堂也就成为哈尔滨的地标和"东方莫斯科"的象征，哈尔滨的城市规划建设从这里开始。有资料介绍，"东方莫斯科"是俄国沙皇亲赐的名称。

第一个大型规划设计作品，是南岗区博物馆广场，原称教堂广场或喇嘛台广场。这里，地处南岗的岗顶，居全市最高点，是典型的俄罗斯莫斯科风格建筑广场。以圣尼古拉教堂为中心，形成灵活、自由、开放的不规则放射形状的道路；教堂帐篷顶端高耸入云的十字架，成为城市视线的焦点；居高临下向四面八方传送的钟声，回荡在静穆的凌晨和绚烂的黄昏，更增添了教堂的威严与肃穆。而建于广场西北侧的黑龙江省博物馆，当时的名字为"莫斯科商场"。这个中东铁路局商务公司所属的大型国际商场，主要销售从俄罗斯和西欧进口的商品，商场附设华俄商品陈列室和负责招商的商务调查局、商务介绍局等。

老哈尔滨的城市整体规划则始于1906年，中东铁路局在其势力范围内进行了较为科学的初期规划（不包括道外区和太平桥一带，因其归属清滨江关道和吉林省滨江厅、滨江县管辖）。规划范围为南岗、马家沟、香坊、沙曼屯、顾乡屯和道里等，后来许多区域仍沿袭了原规划格局进行建设。这些规划虽没有博物馆广场那么"莫斯科"，但也有一定程度的俄罗斯元素。

"东方小巴黎"的来历：

哈尔滨作为一座新兴城市，又是快速崛起的城市，远离战争，交通便利，资源丰富，商贸迅速发展，一跃成为国际通商重地。随着财富的迅速聚集、积累，移民云集，城市建设成为重点投资领域。此时，适逢西方流行折衷主义和后来的新艺术运动建筑思潮，许多欧洲移民建筑师很自然地就把这些建筑风格带进哈尔滨。在移民队伍中虽然俄国移民居绝对多数，但是其他国家移民的影响也不可忽视。哈尔滨是除法国之外折衷主义和新艺术运动建筑数量大且集中的城市。由于沙皇俄国当时在文化上只处于二流地位，比较先进的法国文化则在俄国更受崇拜。俄国有许多建筑师到法国留学，或者请法国建筑设计师去俄国进行建筑设计，因而俄罗斯建筑一直受到法国文化的深刻影响。在哈尔滨的外籍移民建筑师也莫不如此，况且还有许多外籍建筑师在哈尔滨工作，这就形成了哈尔滨建筑艺术的丰富内容。在同一历史时期内，拜占庭、哥特式、文艺复兴、巴洛克、古典主义、新古典主义（古典复兴）、浪漫主义（哥特复兴）、折衷主义、新艺术运动、装饰艺术运动、现代主义建筑风格及中国古典风格建筑、犹太建筑等东西方各种建筑艺术流派，五花八门地相继出现在哈尔滨，琳琅满目，争奇斗艳，形成一个同台竞美的兴盛局面。

但是，哈尔滨的建筑艺术主流仍是折衷主义和新艺术运动。折衷主义建筑是博取众家之长汇集于一身而形成的建筑风格。哈尔滨建筑的特征，既是折衷主义的，又不千篇一律，各具特点，构成了丰富而优美的城市风貌。而兴起于法国的新艺术运动，很快传入哈尔滨。重要的一点，法国新艺术运动仅时髦了十几年，就因战争而"休止"了，哈尔滨则将新艺术运动风格的"寿命"又延续了十几年。可以说，新艺术运动是法国奏响序曲，并确定主题，演绎了前面的"乐章"，哈尔滨则"伴奏"全程，并"独奏尾声"，无疑为"东方小巴黎"的称誉添上浓浓的一笔重彩。哈尔滨城市建筑有较高的起点，很快步入了现代城市的行列，此后一直受到国内外的瞩目。

其实，仅凭这些，还未能充分说明哈尔滨"东方莫斯科""东方小巴黎"的全貌。

"东方莫斯科"不仅仅是建筑和城市规划，其带来的"洋风气"早已弥漫于整座城市。在物质方面，吃的大列巴、红肠、火腿，喝的啤酒、格瓦斯等；抽的老巴夺香烟，穿的裘皮、布拉吉、长筒靴等；文化方面的"半俄式语言"、各种物品的俄语称谓、度量单位的俄式标准和用语等；古典音乐会、音乐学校、俄式教育体系等；娱乐方面的松花江泛舟，太阳岛野游、野浴、野餐，凡此种种，有些方面影响至今。

而巴黎的华丽服饰装扮、音乐欣赏爱好、跳舞风气、奢靡生活之风，直接或间接由俄国人"转手输入"，也为这座城市增添了许多欧洲风味。

其实，老哈尔滨还曾用过一个名字——"东方圣彼得堡"。辽左散人刘静严在《滨江尘嚣录》中写道："地当国际要冲，所谓东方圣彼得堡之哈尔滨是也。"王丕承在该书序中也说过："哈尔滨当欧亚交通之孔道，为东北唯一之名都，在先有东方圣彼得堡之称，最近又有小巴黎之誉，乌可不有著书，以记其繁盛之迹乎。"看来，"东方圣彼得堡"这个称谓早于"东方小巴黎"，更早于"东方莫斯科"。理由大概是来哈尔滨的许多富豪、犹太商人、文化艺术界的名人，甚至教会人员，多来自崇尚巴黎的圣彼得堡，也有的辗转巴黎又来到哈尔滨，带来了他们的商业文化思维和奢华生活方式。只是不知什么原因"东方圣彼得堡"最终"落选"。想想也是，也不能把人家两座最像样城市的名字都拿过来吧？

（原载2023年8月29日《哈尔滨日报 太阳岛》本文有删改）

哈尔滨名片

一座城市，就是一本打开的书。

了解哈尔滨这本"书"，须先从"书名"——也就是"城市名片"说起。

哈尔滨有着比其他城市多得多的别名。"东方莫斯科""东方小巴黎""冰城""夏都""音乐之城""天鹅项下珍珠城"，等等。

一个名字，就代表城市的一个特点和一个独特个性。哈尔滨，仅名字就能组成一串美丽的故事和传说——

哈尔滨，这名字，很"满族"。

当然，曾为"阿勒锦"，也很"女真"。

哈尔滨，虽也"在水之滨"，但绝非"哈尔"之"滨"，名字含义是满语的"晒网场"。而在文史学家眼里，哈尔滨之名又是一个课题，如有"天鹅""光荣与荣誉"等种种解读。

千万不要小觑了这个"晒网场"。从空中看，松花江从长白山蹒跚而来。途中，携起嫩江和拉林河，来到"晒网场"这段狭窄处，便奔腾起来，有了性情，有了声色，有了阵容，有了气势。自然也就有了风景。上游，"江河"交汇前，辽阔的松嫩平原绿意盎然，天然大粮仓。下游，松花江汇入乌苏里江和黑龙江，形成了著名的"三江平原"。昔日"北大荒"，今天"北大仓"。松花江就像哪位神仙的一根扁担，挑着松嫩平原、三江平原两个粮食担子，在小兴安岭、长白山之间行走。

于是，哈尔滨，这个名字，就自带了白山黑水的文化品质和鲜明个性。那么，生于斯，长于斯的哈尔滨人就有了一种自豪，有了一种每逢外地朋友便要讲解一番的扬扬得意。

是啊，是该扬扬得意。因为，这是一个洋气的城市，还有两个洋里洋气的"洋名"呢。

"东方莫斯科"和"东方小巴黎"。哈尔滨，是中东铁路"拉"来的城市。俄国人、犹太人在这里建设、工作和生活，欧洲许多国家的人纷纷加入这个行列。"洋"建筑、"洋"教堂、商店、工厂、学校、音乐厅、音乐学校等纷纷登场。大列巴、红肠、格瓦斯等"洋"食品占据了这座城市半部历史。太阳岛荡漾着野游、野浴、野餐和江上泛舟的浪漫。"布拉吉"曾飘满女孩儿们色彩斑斓的美丽童年。第一次世界大战后欧洲陷入萧条，大量欧洲人来到哈尔滨，同时，带来了巴黎的荣华富贵和奢靡生活方式及音乐艺术等"洋文化"。哈尔滨因之被称作"小巴黎"或"东方小巴黎"。哈尔滨之"洋",主要"洋"在"东方莫斯科"和"东方小巴黎"。

哈尔滨,我眼中的"建筑艺术博物馆",拥有大量的欧式建筑,荟萃了欧洲自拜占庭至现代主义几乎所有建筑风格,与中国古典建筑共同形成了十分罕见的建筑现象。

哈尔滨,还有一对儿让您感官体验迥异的名字——"冰城""夏都"。这一"冰火两重天"的"矛盾体",融于一座城市,本身就像谜一样,有趣。来哈尔滨旅游,最少冬、夏各来一次。冬游"冰城",夏品"夏都"。否则,就像解说太极图,只说一半,焉能说明白?

冬日里,纯正的"北国风光"。不仅"千里冰封,万里雪飘",还有"冰城银色三千界"。冰雪大世界、冰灯游园会、雪雕大赛,江上冰雪世界的各种游戏,你会一跤跌入童话世界,找到失落多年的天真童年。哈尔滨的冬天,是用来看的。远看,白茫茫一片,神奇迷幻。细细欣赏,处处是故事和乐趣。哈尔滨的冬天,更是用来感受的。"冰雪节"里,披挂上能穿能戴的御寒衣物,一边喊冷,一边吃着冰棍或冰糖葫芦,让您从里到外,全身心感受冷的刺激,并铭记在心里。每当忆起都会打个寒噤,随之却是暖暖的、甜甜的回味。

夏日里,哈尔滨变成了另一个世界。"冰城"的雪花谢了,"夏都"的丁香花开了。素有"丁香之城"美誉的哈尔滨,"年年花发满城香"。哈尔滨的春季不明显,待闻到丁香的芬芳,夏季就随之而来了。翻过冬季洁白的扉页,"哈尔滨的夏天多迷人"的歌声,便会翩翩飘入你的耳中。那么多盛装的美景,摆好了pose,静静地等您来欣赏,来感叹,来赞美,来拍照。更多的人在夏日里,近距离欣赏"浪花里飞出欢乐的歌"的美丽松花江,哼着"我们来到了太阳岛上",来躲避酷暑。这里远离"火炉",是美美的避暑天堂。

哈尔滨有一个闻名遐迩的"艺名"——"音乐之城"。2010年,哈尔滨被联合国教科文组织认定为"音乐之城",从此,这座城市的头上,又有了一个金光闪闪的桂冠。著名的中国·哈尔滨之夏音乐会,小名叫"哈夏",举世闻名。从1961年开始,已举办34届了,这是哈尔滨独有的节日,已成为哈尔滨这座"音乐之城"的亮点。

哈尔滨还有一个圣洁的名字——"天鹅项下珍珠城"。在黑龙江的版图上,哈尔滨犹如一颗天鹅项下的珍珠。天鹅之美,纯洁高雅,志存高远,可望而不可即。常去松花江畔,青年宫前,在那座白天鹅美丽塑像下,欣赏、端详、拍照,那真真是美的化身。如今,太阳岛上,又"飞"来一只银白色的"天鹅"。这是俄罗斯美协主席、国际艺术家协会联合会主席、俄罗斯联邦总统文化艺术委员会委员安·尼·科瓦利丘克,为庆祝中华人民共和国成立70周年和中俄建交70周年,在中国设计的首个大型城市雕塑。"天鹅"在太阳湖中央临水伫立的优美曲线,在独一无二的景观中呈现出的艺术与自然的融合,如冰雕雪塑,晶莹别透,精美绝伦。

那么,天鹅项下的珍珠呢?

——就是哈尔滨。

一座城市,有那么多美丽的名字。而且,每个名字后面,有那么多美丽的故事,那么多深奥的学问。世上少见,唯哈尔滨独有。

(原载 2021 年 7 月 14 日《哈尔滨日报 太阳岛》本文有删改)

徜徉在中央大街

徜徉，喜欢这个词，超凡脱俗，天生的尊贵和诗意。想"徜徉"一番，须先进入一种心情，一种境界，一种品位。

享誉中外的哈尔滨道里中央大街，是"洋味十足"的步行街。如同没走过好莱坞红地毯，就不能视为世界级影星；没有徜徉在中央大街的经历，留下"到此一游"的足迹，不把这美好的经历足迹般刻在心里，就不能说真正来过哈尔滨。

徜徉，虽说也是一种步行，却与步行大不相同。步行，是有目的的赶路。舍此"务实"目的，才有散步、漫步、踱步种种。不过，都与思想、艺术、文化、情调无关。唯有徜徉，才有欣赏美景，愉悦性情，怡然心灵，以及那么多说不尽、道不完且享受"形而上"境界的美妙。

中央大街，虽为步行街，其实不是用来步行的。那将如同一杯好茶被一饮而尽，失去了品赏、回味、入境、养心的禅韵。中央大街只能由徜徉与之做动宾搭配，才合法度,才入情理,才是游览这条"步行街"恰切的"步行法"。

置身于这条百年"洋马路"上,脚踏温润光亮的"面包石",就有了"东方莫斯科""东方小巴黎"的亲身体验。莫斯科的广场,巴黎的大街,那种古老又新鲜、遥远又亲近、抽象又具体的感觉,让人徜徉其间而不知今夕何夕,身处何方。

经常哼唱那句"精美的石头会唱歌"。每一块"面包石"都是一个编钟,在如歌的岁月里,留下洋马用铁掌敲出的"嗒嗒"蹄声组成的交响。与非洲钢鼓乐队有着同样鲜明的节奏,却没有令人惊骇的噪音。长方形石头在马蹄铁掌和高跟鞋、马靴、皮鞋的弹奏下,加上岁月的打磨冲刷,逐渐圆润光滑,有了艺术的光泽和品相。如今,当年的马车已变作"化石",一尊历史的倩影,伫立在路旁,拉着"老字号"的哈啤,陪游客拍照,让游客留下穿越"百年老街"的痕迹,随游客的身影徜徉四面八方。而那悦耳的蹄声,早已散落在历史的星空。

"面包石"街面是铺在大地上的稿纸,记载着百年城市历史。细心的人会从石缝中听出四处散落的俄语、法语、希伯来语……这些阅尽人间、非同一般的石头,不但见过各色人种,还聆听过世界上最多的语种,更接触过匆匆而过的世界的脚步,并把城市百年历史见证敲进记忆的键盘。厚重啊,不单单是花岗石雕磨的路面,更有"洋基础"奠定的城市文化底蕴。

走在端庄凝重的路面,行色匆匆显然不合时宜,大步流星怕会引来驻足观望,飞奔似箭一定能造成惊讶恐慌——只有懂得体味、感受、欣赏、回顾,一路悠然、淡然、欣然、怡然，闲庭信步，才会自然而然地达到"徜徉"的境界。

1430多米的长街，21.34米的路宽，10.8米宽的方石路面，百年回荡的铿锵历史，随手一捡，每块沉甸甸的石头都蹦出一串故事，恍惚间听到历史的回声。作为"音乐之城"的灵魂，这条街一直弹奏着城市的主旋律。在中央电视台播放的《航拍中国—黑龙江》中，空中俯瞰哈尔滨中央大街，极像一行凝固的"百年交响"乐谱，乐谱前端的江畔防洪纪念塔仿佛巨大的低音谱号。乐曲呢？是俄国作曲家柴可夫斯基——哈尔滨人称作"老柴"的《第一钢琴协奏曲》壮阔深邃的第一乐章吗？也许更像捷克作曲家斯美塔那的交响诗套曲《我的祖国》中优美的第二乐章《伏尔塔瓦河》，波涛浪卷，奔腾向前。如此说来，中央大街就应当是哈尔滨汇入松花江最大的"支流"。那么，松花江就有了情感，有了欢乐，与其他江河有了区别——具有音乐元素，俗称"音乐细胞"，于是，"浪花里就飞出了"众所周知、耳熟能详的"欢乐的歌"。

徜徉在中央大街，一定要欣赏和聆听。欣赏和聆听路旁鳞次栉比、风格迥异的优美建筑——"凝固的音乐"。这里汇集了文艺复兴、巴洛克、古典主义、折衷主义、新艺术运动等建筑艺术的百年精华，堪称西方"建筑艺术博物馆"。"建筑是凝固的音乐"，如果懂西方古典音乐，会在里面"听"出相对应蕴含着的各时期的音乐。中央大街，既是建筑博物馆又是音乐博物馆，令人目不暇接，耳聆天籁，神思遐想，心旷神怡。尤其夏日，"哈夏"赋予夏日花季以高雅的艺术和音符，中央大街便率先溢满欢乐的旋律。此时，连徜徉也会有些"失态"呢。你会化身为一个音符，手之舞之，足之蹈之，随音乐而律动，伴音乐而同行。徜徉的脚步里，融入了旋律和节奏，你会把音乐的魅力刻录在内心深处。

徜徉在中央大街，一定要品尝和享受。哈尔滨被称作"夏都"时，游人们吃着冰激凌、冰糖葫芦，那是为了解渴降温，在享受美味的同时，享受舒适与惬意；哈尔滨被称作"冰城"时，游人们还是吃着冰激凌、冰糖葫芦，那是寻求新鲜刺激，在感受寒冷的同时，感受全新的人生体验。那么多新奇洋味的美食，让人把异域风情吃进肚子里，铭记在心中。那么多眼花缭乱的美景，让人把精美瞬间摄入眼里，存入记忆中。

徜徉在中央大街，犹如欣赏花展和画展。人们身着新潮鲜艳的服装，或结伴，或独行，共同点是一只手举着手机拍照，另一只手举着冰激凌或冰糖葫芦，脸上写满幸福。百年老街，是年轻城市的"年谱"，而徜徉于此的人，似乎永远年轻。改革开放像一股神泉，灌溉着这条大街上的色彩逐年绽放，愈加鲜艳，愈加绚烂。这条路，一端是城市起点，一端通向美好未来。

徜徉在中央大街，你会被融化作一朵浪花，或幻化成"洋建筑"上的一幅雕塑，或灵动为"凝固的音乐"篇章的一个音符，或与所有徜徉于这条平坦大道上的人们融汇成如潮之歌，如海之花，徜徜徉徉，流向远方，流向久远……

（原载2018年3月19日《哈尔滨日报 太阳岛》本文有删改）

中央大街：穿越百年之旅

哈尔滨中央大街，闻名遐迩。这条牵着一座城市，走过风雨历程的缎带，又像闪闪发光的金链，衬托着哈尔滨这颗"天鹅项下的珍珠"，愈加熠熠生辉。人们想到风情万种的哈尔滨，自然而然会想到妩媚动人的中央大街；想到风情万种的中央大街，自然而然会想到妩媚动人的哈尔滨。

"东方莫斯科""东方小巴黎"，百年前哈尔滨的"小名"。确切地说，应该是指以中央大街为中心的道里、南岗一带。

百年前的中央大街什么样？突发奇想，何不借助历史资料，来一次穿越时光隧道之旅，"逛"一下百年前的中央大街？

中央大街，百年前，是用来"逛"的。闲游、游览，即朱自清所说的"出街"。

中央大街，那时称"中国大街"。起点是经纬街，终点是江沿儿，全长1430多米。这里原来地势低洼，水泡遍布，近似小河沟，随处烂泥塘。路两侧是参差不齐、形式不一的茅草屋和木板房。一座监狱和火车货场，就是这条街的"家当"。20世纪20年代出现了商机和繁荣，世界把目光聚集在这个没有战争，交通便利，包容和均等的国际商埠。随着中央大街逐步成为商业中心，1924年5月，哈尔滨市自治公议会组织了中央大街"面包石"路面铺设工作，资金由向沿街业主筹款而得。路面采用长18厘米，宽10厘米的花岗岩石块砌筑而成（阿唐著《留住城市的记忆——哈尔滨历史建筑寻踪》）。1928年，中国大街更名为"中央大街"。1997年，哈尔滨市政府将中央大街定为"步行街"。

近百年前夏季的一天，天气晴朗。你来到刚刚更名的中央大街，满目光洁平整、棱角分明、尚显青涩的"面包石"，在晨辉的映照下，反射着刺眼的光芒。路两侧风格迥异、式样新颖、建成的或正在建设的各种风格的欧式建筑，让一条街光鲜靓丽起来。

街上，车马喧嚣，行人如织。你会看到小公共汽车，其中一条线路就路经中央大街。还有小汽车、出租小汽车、出租马车，而人力车则只限于道外。故而胡适先生见此说道，哈尔滨是"东西文明的交界点"。交界就是一条"道"——即铁路线。西侧是道里，东侧是道外。道里是欧式生活方式，道外是中式生活方式。洋人的汽车不入道外，华人的人力车也不入道里。到了交汇点，下车，换乘。

这里"街上满眼是俄国人"，"这儿却几乎满是几乎满街都是逛街的"（朱自清《西行通讯》）。"外国人！绅士样的，流氓样的，老婆子，少女们，跑了满街。"（萧红《商市街》）。瞿秋白也写过："俄国人住在这里，像自己家里一样"（瞿秋白《饿乡纪程》），让人分不清眼前的景色是巴黎还是莫斯科。1925年，哈尔滨的俄国人达9万人（辽左散人《滨江尘嚣录》），占全市人口四分之一还多。无怪乎老明信片上，都是金发碧眼的女郎。

还是从南向北"逛"吧。

起点是西十五道街。前面左侧，中央大街32号，是米奇科夫大楼，由俄侨米奇科夫投资兴建。曾租给哈尔滨特别市自治委员会，日伪时期成为市公署，解放初期为哈尔滨市政府，后曾为百年老街酒店。

这是西十三道街，曾称作"宽街"，街道宽之意。被誉为老哈尔滨四大饭店之一的福泰楼就在这条街上，"葛万那"烟庄，即老巴夺烟厂的前身也在这里。1936年开张的老都一处饺子馆迁至此处。

前面是中央大街58号，曾为米尼阿久尔（意为"精美的艺术品"）茶食店。建于1926年，相继为维多利亚茶食店，紫罗兰西餐厅，哈尔滨摄影社。原来太阳岛那座轮船模样的米尼阿久尔餐厅是其分店，后改为太阳岛餐厅，1997年毁于大火。米尼阿久尔茶食店现在与原建筑差异很大，原建筑顶部柱头上的美女头像，是新艺术运动建筑中极为罕见的艺术品。

往前走，中央大街89号，这座风格独特的建筑就是著名的马迭尔宾馆，新艺术运动风格建筑。马迭尔，俄语"摩登"之意，也是一些国家对新艺术运动建筑风格的称谓。这里，是中央大街最"摩登"的地方，也出了许多"摩登"的故事。1906年始建，建成于1913年。新中国成立后，马迭尔宾馆改为市政府招待所，后对外称"哈尔滨旅社"，20世纪90年代左右恢复原名。

中央大街112号，著名的华梅西餐厅。这里早期只是一栋平房，道下钦克的点心店。1926年，改为马尔斯茶食店。1931年，改为马尔斯西餐厅。20世纪50年代，改名华梅西餐厅后多次扩建。

这座漂亮洋气的建筑，位于中央大街120号，原松浦洋行，哈尔滨巴洛克建筑风格的代表。1916年始建，1918年竣工。1945年后，为苏联侨民会。1981年为教育书店，现为1918松浦西餐厅。这座建筑优美至极，令人百看不厌。

这座中央大街107号的建筑，1911年在此成立犹太人萨姆索诺维奇兄弟商会。1916年被秋林公司使用。

还有一些小街，建筑物已所剩无几，只有老街名尚可回味。可以对照名称和场景，认真体会一下百年的变迁。如：学堂街，现在的西十五道街，因街上的盖涅罗佐娃八年制女校而得名。端街，那时称作"短街"，很短之意，

1925年改为外国八道街。西十一道街，原名市场街。大安街，原名大坑街，俄语音译，后为外国六道街。西十道街，曾是俄国街，因许多俄国人最初居住在这里而得名。西九道街，原名保险街，莫斯科火灾保险公司所在地，因此得名。西七道街，曾为蒙古街。1906年，哲里木盟扎萨克图郡王乌泰潜来哈尔滨，向帝俄乞贷。1912年乌泰叛乱，被镇压，蒙古街就此结束。红霞街，原名商市街。著名的哈尔滨才女作家萧红曾和萧军在商市街25号楼上住过近两年。萧红著名散文集《商市街》详细记述了这段生活。西六道街，曾称作日本街，源于日本西本愿寺坐落于此。东风街，原名马街，后为外国五道街。红专街，1925年前称面包街，因希腊人1902年在此街开办"拉巴吉斯"面包铺而得名，又称外国四道街，1959年改名红专街。哈尔滨眼科医院（原犹太医院）所在的这条小街，最初叫东商市街。西二道街，原名东商务街。西头道街，原名监狱街，因哈尔滨监狱在此而得名。花圃街，原为商铺街。

此时，天色渐渐暗了下来，黄昏会把你轻轻推入昏暗里。不一会儿，满街的各色灯光光彩夺目，又把你从黑暗处拉出来。你会惊诧，眼前是完全与白天不同的另一番景色，仿佛来到了另一个世界。"沿大街两旁，俄国人，有相偎相倚坐在路旁椅子上的；有手挽手一面低低私语指手画脚，一面走着的；有在铺子里买着东西，携着一大包裹出来的；雪亮的街灯，电灯光底下，男男女女一对一对穿花蛱蝶似的来来往往，衣香鬓影，紫狐披肩，蓝绸领结，映着大商铺窗帘里放出的电光，还想努力显一显西欧文化的'俄国资产阶级'文明"（瞿秋白《饿乡纪程》）。人们身着各色高档服装或晚礼服，出入影院、剧院、酒店、舞厅，更远处还有赌场、妓院。车喧马嘶，声乐铿锵，纸醉金迷，风情无限，直至午夜，甚至通宵达旦。哈尔滨此时才是真正"喧嚣"之时。

不过，在中央大街南头阴暗的角落里，还有更多的阴暗处，许多无家可归之人，露宿街头。看看悲悯的萧红在《商市街》中是怎样描写的："中央大街的南端，人渐渐稀疏了。墙根、转角，都发现着哀哭，老头子，孩子，母亲们……哀哭着是永久被人间遗弃的人们！那边，还望得见那边快乐的人群，还听得见那边快乐的声音。""但快乐的人们不问四季总是快乐，哀哭的人们不问四季也总是哀哭！"

（原载2024年11月11日《哈尔滨日报 太阳岛》本文有删改）

中央大街"面包石"的传说

哈尔滨中央大街,一首风情浪漫的史诗。

铺成路面的"面包石",就是写在大地上的诗行。百年哈尔滨的荣辱兴替,皆记在"面包石"的字里行间。

"面包石"是中央大街的标志性符号。由它铺就的中央大街,仿佛一条时光隧道,能带你穿越到百年前的哈尔滨。"面包石",犹如一座城市记忆的键盘,铿铿锵锵,回荡着一个个故事和传说。

于是,"面包石"就被视为游客们感受"东方小巴黎""东方莫斯科"的媒介。神采飞扬地讲述流传极广的"面包石"的传说,成为传播哈尔滨旅游文化的一个册页。

那么,关于中央大街"面包石"有哪些传说呢?大概有如下几种:

传说一:这条1430多米的街路,由花岗岩"面包石"铺成。每块长18厘米,宽10厘米,深达一米。每块价值为一块银圆。此路十分坚固,可再使用200年。

传说二："面包石"是先用木桩楔入地下，然后取出，再将"面包石"楔入地下，相互挤紧，毫不松动。

传说三："面包石"均来自外地，价格不菲……

传说四：……

专家们的权威说法："面包石"为花岗岩是对的，但没有深达一米，每块"面包石"价值一块银圆的说法也未见出处。

其实，说的最详尽的，应当是辽左散人（刘静严）写于1929年的《滨江尘嚣录》。其中"街市"一节，专写"街路"，透露了中央大街"面包石"的施工工艺："长方石，长约尺许，阔约半尺，厚约半尺。其筑路法，先坚其地基，次铺以碎石，厚约尺许，各石罅均灌以灰汁，用重量最大之机器轮碾，往复压之，迨拳石平如水面。然后再铺以粗砂，和以灰汁，仍用轮碾压之，往复多次，使砂石合一，此即各都市之普通马路也。此外再铺以长方块石，则告成功。""面包石"的深度，也就是"尺许"，即30多厘米，加上"尺许"厚的碎石，也不过60多厘米，远非一米。简而言之，就是在修筑普通马路的基础上，加上长方石即可，一点儿也不神秘。

"面包石"路面的优点，作者也做了介绍："此种马路，既无尘土飞扬，又免雨天泥泞，且坚固耐久，虽历数年，犹平坦如初。非若普通之土石马路，无风三尺土，有雨一街泥，建筑后未及经年，拳石历历可数，倾侧凸凹者，可比也。""至马路旁之水道沟渠,尤称便利,均以石砌成,永无淤塞塌坍之患。虽夏日大雨如注,顷刻间即宣泄无遗。此哈埠之一部路政,所以胜于其他都市也。""以马路之建筑论,哈埠之一部分马路,可谓独冠华北。"

《留住城市的记忆——哈尔滨历史建筑寻踪》中介绍:20世纪20年代,中国政府逐步收回了哈尔滨控制权。1924年5月,哈尔滨市自治公议会为中央大街做了一件好事,即铺设"面包石"路面。工程由科姆特拉肖克设计和监工,用长18厘米、宽10厘米、形状如方形面包的花岗石石块砌筑而成。

其实,中央大街不是哈尔滨唯一的"面包石"路面。据《滨江尘嚣录》记载:"凡道里道外秦家岗(南岗)各区,稍著名之街市,均铺以长方石。"如道里新城大街(尚志大街)、石头道街、道外正阳大街(靖宇大街)、秦家岗(南岗)教堂街(革新街)等。后来,其他街道陆续改为柏油路,唯中央大街保持了下来。

随着中国收回了哈尔滨的控制权,1928年,将中国大街更名为"中央大街"。

1997年,哈尔滨市政府将中央大街改为步行街。

传说是美好的。而真实的历史更具风采,这就是哈尔滨成为名城的缘故。

伏尔加庄园遐想

哈尔滨伏尔加庄园，没去过的，想去。去过的，出不来。会把心思留下，会留给人太多的遐想。

这是一个馈赠遐想的梦幻之乡。

一

俄罗斯首都莫斯科东南约1000公里处，有一座英雄城市，伏尔加格勒，依偎在俄罗斯"母亲河"——伏尔加河身旁。也许，人们会茫然，这是个什么城市？倘说出斯大林格勒，原名察里津，人们会恍然大悟，肃然起敬。从地图上看，伏尔加河自北向南，自上而下，几乎贯通俄罗斯全境，"飞流直下"3530千米，为世界上最长内流河。

黑龙江省会哈尔滨东南郊约27公里处，有一座以俄罗斯文化为主体的国家AAAA级旅游风景区——伏尔加庄园，依偎在明代称作"金水河"的阿什河畔。伏尔加庄园，早已超出"伏尔加"和"庄园"的字面之意。她，是"东方莫斯科"的"洋二代"，"冰城""夏都"城头上的一幅"西洋画"，老哈尔滨难忘岁月温度尚存的旧梦，陪伴在哈尔滨身边的文化远方。

城市郊外，无不是绿树依依，青草离离，泛着浓郁泥土芳香的所在。而哈尔滨东南方的郊外，则是异域风光、别样风情、绚丽多彩、景观雅致的绝妙去处。一块石碑上醒目地镌刻着陀思妥耶夫斯基的名言"美将拯救世界"，提醒人们，在这美的世界，人的灵魂同样会得到拯救。

点缀在浓遮翠掩之间，显得格外醒目的，是30多座色彩鲜艳、风情各异的俄罗斯风格建筑。这些洋味儿十足、十足正宗、正宗洋派的建筑，令你顿感迈入哈尔滨伏尔加庄园就好像迈出了国门。

二

空中鸟瞰，伏尔加庄园是一幅美丽的风情画，红、绿、黄、白、蓝占了"主色调"，色彩纷呈，搭配组合，自然和谐。

首先，扑入眼帘的，是无处不在、生机盎然的绿，涨满心灵的窗。高树巍然，矮丛繁茂，草茵茸茸，绿地片片。高高低低，层层叠叠，深深浅浅，蓬蓬勃勃的绿，簇成了河畔的绿屏，牵拉着河流的走向，延展了休闲的空间，捧出了多彩的建筑，庇荫了小径的迷离，把浓浓淡淡的春情，融为朦朦胧胧的诗意。这代表清新、健康、希望的绿，瞬间攫去心中万般俗念，令人心旷神怡，满怀希望，蓬勃向上。

红色，是莫斯科红场的颜色，也是俄罗斯人喜欢的服装颜色。伏尔加庄园中，被绿色包裹着的红色建筑，时隐时现，如同一簇簇跃动着的火苗，分外耀目。红墙，白框，蓝顶的彼得洛夫艺术宫，是俄罗斯美术家协会创作基地。集学术研究、艺术品收藏、文化展览、对外交流等功能于一体的综合性艺术宫，践行着那句"有文化才能长远，有品位才有价值"的箴言。红墙、红堡、红塔组合而成的巴甫洛夫城堡，伫立在幽静的阿什河畔。这座俄罗斯历史上著名的古城堡，因囚禁过一位沙皇而闻名，后曾作为医院、学校、警察局、监狱，距今已200多年，毁于苏联卫国战争。现在，这座"洋风景"和艺术展厅，履行着传承历史和展示文化艺术的职责。红顶的玛莎俄罗斯商店，把俄式折衷主义建筑艺术风格展示在绿树掩映中和碧水间。红色，代表热情、活泼、吉祥、喜庆。普希金沙龙、阿穆尔城堡、察里津诺城堡、米莎俄罗斯商品店、俄罗斯民俗园红色的大屋顶、金环西餐厅，如同身着红衫的俄罗斯芭蕾女郎，在绿丛中穿梭舞蹈。

"奥连特宾馆"，黄色，在绿荫背景的园中格外耀眼。"奥连特"，早为老哈尔滨人熟知，当年，是一个电影院的名字，俄语"东方"之意。象征着灿烂、辉煌、优雅、尊贵的黄色，让身居于此的客人，优雅尊贵起来。著名的圣尼古拉教堂，则是另一种黄色，黄得黯淡，黄得悲怆。黯淡与悲怆，仍掩不住浓郁历史苍凉感背后的大气与尊贵。

白色，代表无瑕，纯洁。先不说冬日里，纯白的积雪让一座座红色建筑化为赤颜白眉的圣诞老人，也不说那些白色门窗边框，让那些"浓眉大眼"本已十分醒目的门窗有了矍铄的精神，尤其那些希腊神话中洁白的雕像，近距离述说着一个个遥远的神话故事，单说米尼阿久尔餐厅吧，好似一艘白色游轮，无瑕、纯洁，静静地泊在阿什河畔。这位纯洁少女，永远那般年轻，美丽。她是哈尔滨人记忆中永远的黑白明信片，永难忘怀的激情岁月。老哈尔滨人和米尼阿久尔餐厅，相互间，有说不完的知心话。

居高环眺，伏尔加庄园被蓝色的阿什河镶嵌在周边，形成蜿蜒曲回的动感轮廓。园内又被蓝色分成数个园区，如同舞着的飘带，把无穷魅力、无限浪漫抛向无际天空。

伏尔加庄园，这些鲜明的颜色构成了一幅美得令人眩晕的立体油画，天外飞来的一件靓丽园林景观艺术精品。

三

湖边，俄罗斯诗人普希金，在普希金沙龙前面的草坪，以他习惯的姿势，斜坐在长椅上，手托下颌。棱角分明的脸颊上，长满浓密的胡须。深邃而充满忧郁的双眸，凝视着远方。是不是想起了远在《皇村回忆》中的诗句："沉郁的夜的帷幕，悬挂在轻睡的天穹，山谷和丛林安息在无言的静穆里。"这位被高尔基誉为"俄罗斯文学鼻祖"的"俄罗斯文学之父""俄罗斯诗歌的太阳"，38岁时，陨落于一场罪恶的阴谋，安息在俄罗斯文学圣殿无言的静穆里，如诗中的山谷、丛林。普希金展览馆述说着诗人短暂而辉煌的一生。诗人离开于1837年，然而，岁月并未使他变老，诗人永远年轻。一尊铜像再现当年风采。在俄罗斯圣彼得堡夏宫叶卡捷琳娜宫前广场，在哈尔滨伏尔加庄园，以同样的姿势和表情，用俄语和汉语，朗诵着那首著名的诗"假如生活欺骗了你，不要忧郁，相信自己……那快乐的日子就会到来。"

四

哈尔滨人来伏尔加庄园，与其说游览，不如说寻梦，朝圣。园里有哈尔滨历史上著名的两个建筑：圣尼古拉教堂（老哈尔滨人称之为"喇嘛台"）和米尼阿久尔茶食店的复制品。圣尼古拉教堂曾是老哈尔滨地标性建筑。位于哈尔滨最高处，也是老哈尔滨的中心。老辈人仍依稀记得当年教堂的钟声，居高临下，洪钟大吕，声冠全城。圣尼古拉教堂和教堂广场（南岗博物馆广场），是"东方莫斯科"的经典注解。米尼阿久尔是几代人成长的记忆。当年的年轻人，几乎没有人没到过"江畔餐厅"，许多人都曾在里面留下美好深刻的记忆。这两件建筑艺术杰作（米尼阿久尔俄语"精美的艺术品"之意），一个在动乱年代被毁，一个消逝在一场大火中，在哈尔滨人心里，留下难以抹去的痛痕。

流连于圣尼古拉教堂和米尼阿久尔餐厅，在欣赏其艺术精美的同时，更有对其命运的叹惜，对往昔青春岁月的回顾和留恋，深感生活在当今年代的幸福，尤其能在如诗如画的伏尔加庄园中，在已失去几十年的建筑艺术品复刻前拍照，徜徉，流连，怎能不浮想联翩，神思遐想……

（原载2023年9月2日《黑龙江日报 北国风》本文有删改）

"遁"去的遁园

早年的哈尔滨，曾流传着"哈尔滨八景"：中央大街，哈尔滨火车站，霁虹桥，铁路局办公楼，江上俱乐部，圣尼古拉教堂，许公碑，遁园（马家花园）。

辽左散人(刘静严)于1929年出版的《滨江尘嚣录》"消遣"一章中，用生动的笔墨详细记载了当年哈尔滨"雅游"的景点：遁园、极乐寺、道里公园、道外公园、松花江泛舟、太阳岛纳凉。

遁园名列榜首。

遁园，哈尔滨人知之甚少。但，史上传奇人物马忠骏"马道台"和"马家花园"，几乎无人不晓。遁园，就是"马家花园。"

为何称遁园？这是一段历史，一个人和他的传奇故事，也是哈尔滨的一个遗憾。

1925年，曾任清末候补道台并加二品衔，民国时历任黑龙江铁路交涉局总办、东省特别区市政管理局局长，人称"马道台""马总办"的马忠骏，因厌倦军阀混战和官场倾轧，急流勇退，辞官归隐，结束了从37岁起做道台到后来任总办的高官生涯，过起隐居生活。在哈尔滨东郊马家屯，购地建成一处园林，名之为遁园。

遁园，取自《易经》，"龙，德而隐者也。不易乎世，不成乎名，遁世无闷。"孔颖达疏："谓逃遁避世，虽逢无道，心无所闷。"故马忠骏自称遁园居士，无闷主人。

《滨江尘嚣录》记载："遁园位于哈埠东南郊，距市内约二十里（今东北农大与建成厂院内），为地计五百亩（有资料说千亩，还有一说227.8万平方米）……其地无城市喧嚣之气，有乡村幽雅之风，举凡果园林木，池塘亭榭，茅篱草舍，咸备焉。"辽左散人这样评价马忠骏："器宇轩昂，风神洒落，一生宦海，屡任要职。""宦海飘零，两袖清风，仅剩此园以娱暮年，可敬亦复可赞也。"

1925年农历4月28日，值55岁生日之际，马忠骏在遁园广宴宾朋好友，饮酒赋诗，庆祝遁园和生圹（人活着时建的墓）建成。自此，"氏每日于公余之暇，必莅遁园，僧袍斜巾，隐冠草履，徜徉其间，怡然自得。每值阳春三月，景色尤为宜人，好鸟啼于枝头，游鱼逐于水滨，息足茅舍，品茗野亭。半榻清风宜午梦，一犁好雨望春耕。高情逸致，达人旷怀，幽静之气，诚有足多，羽化登仙，仿佛似之，以视争权攘利之司空见惯，氏可谓当世之空谷足音者矣。"为何辽左散人有如此深切感受？"丁卯夏四月，不佞曾一度往游，觉茫茫人海，得此桃源，实不啻清凉快剂也……"

原来，刘静严游过遁园！

遁园，是怎样一个世外桃源呢？

按《滨江尘嚣录》记述和专家文章、报刊资料，尝试勾勒一下遁园风景，也算共读者"到此一游"吧。

遁园，规模浩大，四周建有围墙。园门上悬著名书法家、被誉为"吉林三杰"之一、曾任民国教育部审核处处长的成多禄题写的"遁园"大字牌匾。

遁园，以生圹为核心，分东南西北四个园子。园内轩、庐、亭、池、庵、窖、圃、场遍布，亭榭茅庐，杂植佳果名卉；豆棚菜圃，瓜畦麦垄相错，形成著名的24景。哪24景呢？野人庐、无闷亭、晚稼轩、尘外亭、观山亭、归来亭、待鹤亭、葡萄井、花墅、果蹊、麦垄、瓜田、菜畦、杨塍、柳町、槿篱、枫林、兰棚、槐弄、松径、生圹、墓碑、东皋、平畴。

最为著名的为九遁五亭：遁园、遁轩、遁庐、遁斋、遁池、遁庵、遁圹、遁林、遁阜；无闷亭、尘外亭、观山亭、归来亭、待鹤亭。

可以看出，24景与九遁五亭是部分重叠的。遁园是全园之名；遁轩即晚稼轩，遁圹即生圹；遁林涵盖杨塍、柳町、槿篱、枫林、槐弄、松径、果蹊。

遁园24景来因，是1923年秋，马忠骏好友、画家、诗人张之汉游遁园，见"境各有景，景各有名"，于是，就其中22个景点，各咏以诗。不久，诗人陈浏又加上"东皋""平畴"二景，并赋之以诗。从此，遁园24景，闻名遐迩。

入园，扑入眼帘的，是马忠骏效仿唐代大诗人白居易，于生前修建的生圹（即遁圹，在建成机械厂院内）。迎面耸立着一个高达十米的墓碑。正面，镌刻着"遁园居士马忠骏之墓"九个大字。碑背面，刻有马忠骏浮雕石像。碑前两侧，分立两块两米多高刻有花纹的石碑，上刻马忠骏父母生平。两个巨大的香炉，似乎延续着不断的香火。通向生圹的甬道边，有两根1米多高的华表。不远处，一片枝壮叶茂的松树林，掩映其间。生圹四周，被一圈绿色栅栏围定。栅栏门两侧，镌刻着郑孝胥题字："秋老墓门人去后，月明华表鹤来时。"

生圹取西湖之畔岳飞墓座之形、白居易墓之势。"墓窟有三，均为圆形。正中者较大，其内之正面，悬名师精绘该氏著僧服之像，高约七尺；南面悬者，为其次夫人之肖像；东西悬者，为其三四夫人之像，高均四尺。"（《滨江尘嚣录》）

遁轩，又名晚稼轩，位于遁园东南隅，为林中纳凉之茅棚。"园内之晚稼轩等厅堂，有当代名人法书真迹，及名师所绘之像，布置精雅，使人一入其室，即万虑顿清，红尘浊念，倏已飞诸九霄云外矣。"（《滨江尘嚣录》）遁轩东为遁庐，数楹茅屋，为妻孥儿孙之居所。再东，野人庐，内多藏书，为主人栖息之地。东面拐弯处为无闷亭。其北为遁斋，系主人读书之处。遁斋西面为遁池。内有水草、荷花（据说哈尔滨最早种植荷花是在遁园）。池对面为遁庵，为来访的客人寓所。园内建有五亭，错落有致，整个园被十余万株果树掩映。

遁园建成后,许多达官贵人成为常客,张学良、章士钊等都曾"到此一游",还吸引了大批文人墨客。喜爱诗词的马忠骏与祝国忱共同创立了"遁园诗社",分任社主。1925年下半年,马忠骏将诗友的作品刻印成卷,名曰《遁园杂俎》;1940年,经马忠骏整理,《遁园杂俎》再次印行,共辑为12卷,其中诗集10卷,共录包括马忠骏在内计121人与"遁园"有关的诗词1175首,辞赋、偈、骚、令、曲13首。章士钊在《题遁园生圹图卷》留下"遁园心事寄松楸"的诗句。

曾任黑河道尹的何守仁游遁园后,曾留诗一首《游马氏遁园》：

薄宦归来了俗缘,长生未学更逃禅。

翻从远塞寻佳壤,绝胜名山作散仙。

孤鹤回翔原有待,高轩晚稼尽堪传。

连年我亦风尘倦,愿托芳邻乞一廛。

然而,遁园风光与世外诗情是短暂的。仅六年后,东北沦陷。为利用马忠骏的声望,日伪当局曾千方百计利诱拉拢其出任伪职,均遭拒绝。于是,日本宪兵以反满抗日的罪名将其拘禁28天。因其名声太大,不敢久羁,便勒索巨额赎金后将其释放。后又在修建铁路时,故意横穿遁园,将遁园从中割断,分作两部分,并占据西园外,修建仓库。马忠骏曾为日本人占了园子修建铁路而诉诸当时的法庭并胜诉,后日本人微做补偿了事。

马忠骏坚持"宁死乡里，不事日本"，并教育子女，绝不为日本人做事。马忠骏受日本人迫害并坚持抗争14年。期间，还曾用手杖打过闯入家中搜查劳工的日本宪兵，并迫使日本宪兵道歉。

国运艰难，遁园破败，诗社散落，马忠骏寂寞惆怅，曾写诗《辛未重九和敬舆〈雨花台登高〉原韵》：

风雨飘摇入晦明，重阳无计破愁城。

吟怀寂寞陶彭泽，酒局阑珊阮步兵。

胼胝生涯容老圃，担当庙台仗诸卿。

何时待定黄花约，鸡黍桑麻话晚晴。

马忠骏积极支持中国革命，做出过许多贡献。曾暗中帮助马占山的抗日斗争；曾秘密帮助安排周恩来去莫斯科的在哈行程；李兆麟将军遇害后，联名为其治丧和送葬。支持数位子女参加了中国人民解放军和中国人民志愿军。新中国成立后，被定为爱国人士、实业家，保留了遁园。向国家捐赠了大量园田和个人收藏及书籍。1956年被选为哈尔滨市政协委员。1957年6月1日病逝，享年87岁，葬于遁园遁圹。

20世纪60年代，遁园遭严重破坏。至此，昔日遁园，"遁"入沉寂，渐被人遗忘。

也许人们不知道当年马忠骏任市政管理局局长期间，曾主持修建了通道大街（今中山路）。但尽人皆知，和平邨宾馆院内那座浪漫主义建筑风格的城堡式小洋楼——贵宾楼，曾是马忠骏当年的"道台府"；人们更应记得，当年，马夫人刘秀颖在马忠骏的支持下，募捐建起了哈尔滨第一女子中学（现为萧红中学），并自任校董，呼兰河畔的才女萧红就是从这里走向了世界。

"遁"去的遁园，一个人，一个传奇故事，曾经的"哈尔滨八景"之一景。我们该铭记他：清朝末年的马道台，民国时期的马总办，日伪时期的遁园居士，新中国时期的市政协委员——马忠骏（1870—1957年），字荩卿，一字无闷，号遁庵，辽宁海城人。

（原载 2021 年第二期《北方文学》 本文有删改）

日丹诺夫的艺术足迹

哈尔滨，素有"东方莫斯科""东方小巴黎"之称，更被誉为"建筑艺术博物馆"。

徜徉欧陆风情的大街上，随处可见各式各样的"洋"建筑。人们除了由衷赞美，或许还会产生疑问：怎么会有这么多相貌迥异、个性独特、各领风骚、美不胜收的建筑风格呢？

日丹诺夫的建筑艺术足迹，或许可以解开这个谜。

尤利·彼得洛维奇·日丹诺夫，老哈尔滨尽人皆知。这位深情热爱哈尔滨的俄罗斯籍犹太裔建筑师，把一生献给了哈尔滨城市建筑事业，为哈尔滨留下许多经典欧式风格建筑。那些矗立在城市中的经典建筑，标志着他毕生的艺术成就，铭刻着他一生的建筑艺术足迹。

日丹诺夫1877年出生于黑海之滨的克拉斯诺达尔市。1903年，时仅26岁的日丹诺夫在圣彼得堡大学土木工程专业毕业后，分配到俄罗斯外交部。随后作为工程技术人员被派遣到中东铁路，主要负责民用建筑以及供水管道设计。1905年，与妻子正式定居哈尔滨。第二年起，先后担任助理建筑师、城市开发处第一副处长等职。8年后，37岁的日丹诺夫担任了城市开发处处长，承担全市的规划开发领导工作。1921年，44岁时担任了哈尔滨建设委员会董事长和总工程师，任职长达10年。1940年，日丹诺夫在哈尔滨去世。终年63岁。死后与妻子一道埋葬在由他设计的位于哈尔滨市南岗区东大直街的圣母帡幪教堂脚下，而这座教堂恰恰是采用他大学毕业时仿土耳其伊斯坦布尔圣·索菲亚大教堂设计图建造的拜占庭风格建筑。

圣母帡幪教堂的高光时刻是2024年5月17日，俄罗斯总统普京来哈尔滨参加"第八届中国—俄罗斯博览会"开幕式后，到这里参观，并赠送了圣像。

除了童年和学生时代，日丹诺夫在哈尔滨工作、生活了37年，留下大半生的生命足迹。去世后，仍把那颗充满爱的心和灵魂留在这座城市里，连同那么多经典建筑以及他永远值得缅怀的名字。

那是镌刻在"建筑艺术博物馆"铭文上的足迹。日丹诺夫在哈尔滨主持设计了十几处经典建筑，凝聚着他辛勤的汗水和聪明智慧。让我们沿着这些足迹，追寻和重现他的建筑艺术思想和成就。

1. 原契斯恰科夫茶庄（南岗区红军街），建于1910年（时年33岁），折衷主义建筑风格；

2. 黑龙江省委第一幼儿园（原葡萄牙领事馆，南岗区阿什河街），建于1912年（时年35岁），文艺复兴建筑风格；

3. 黑龙江省外事办公室（原日本驻哈尔滨总领事官邸，南岗区果戈里大街），建于1920年（时年43岁），折衷主义建筑风格；

4. 哈尔滨市少年宫（原梅耶洛维奇大楼，南岗区东大直街），改扩建于1922年（时年45岁），文艺复兴建筑风格；

5. 哈尔滨市兆麟小学校（原日本桃山小学，道里区地段街），改扩建于1922年（时年44岁），文艺复兴风格为主的折衷主义建筑风格（一说文艺复兴建筑风格）；

6. 鞑靼清真寺（道里区通江街），建成于1922年（时年45岁），伊斯兰建筑风格；

7. 哈尔滨铁路局外经贸公司（原日本驻哈尔滨总领事馆，南岗区红军街），建于1924年（时年47岁），具有巴洛克风格的折衷主义建筑风格；

8. 圣·索菲亚教堂（道里区透笼街），1923年始建。主持建设到1928年（时年46—51岁）。后由米·马·沃斯科尔科夫接替，1932年最终建成，拜占庭建筑风格；

9. 中华东正教哈尔滨教会（圣母帡幪教堂，南岗区东大直街），建于1930年（时年53岁），拜占庭建筑风格；

10. 东北烈士纪念馆（原东省特区区立图书馆，南岗区一曼街），1931年建成（时年54岁），古典主义建筑风格；

11. 哈尔滨市群众艺术馆（南岗区一曼街），建于1933年（时年56岁），折衷主义建筑风格。

此外，日丹诺夫还主持了南岗区的规划设计，包括圣尼古拉教堂广场（博物馆广场）、大直街、南北主干道和街坊等。这就是早期"东方莫斯科"的来历——参照俄罗斯莫斯科进行的城市规划。一位专家说过,"东方莫斯科"源自城市规划;"东方小巴黎"源自城市建筑。

一位建筑师,在一座城市中,终其一生,创造出如此之多的建筑经典,世间罕见。

原哈尔滨工业大学教授常怀生这样评价日丹诺夫:他才华横溢,造诣极深,创作手法娴熟,运用自如,善于以折衷主义手法,运用古典主义、文艺复兴与巴洛克元素随心所欲地融汇于一身……日丹诺夫的建筑作品,其数量之多、艺术质量之高,在移民建筑师中无人可比,至今在城市文化构成上仍然占据不可取代的时代标志性地位。他为哈尔滨做出了不可磨灭的贡献,留下了永恒的艺术瑰宝。

从欧洲中世纪到19世纪,从欧美到亚洲,日丹诺夫的建筑艺术才华和建筑艺术理念可谓天马行空,恣意驰骋。我们可以窥见他思想的浪漫,思维的宽广,才华的超凡,眼光的久远,这些都留存在这座城市的爱的足迹——那些巍峨的、典雅的、高贵的、洋气的欧陆风情建筑里。而新生的、生命力旺盛、包容自由、各业兴旺的国际化城市哈尔滨,也为他实现自己的建筑艺术理想提供了广阔的舞台。

这些经典的建筑,艺术的足迹,至今充满活力,在向人们述说着他的心里话,表达着对哈尔滨的爱。正是日丹诺夫和同他一样深爱着这座城市的建筑师们,共同设计打造了繁花似锦的建筑艺术大花园,成就了哈尔滨"东方莫斯科""东方小巴黎""建筑艺术博物馆"的美名。

闲话"哈尔滨话"

哈尔滨话,最标准的普通话,是和"戏匣子"里播音员说的话一样。

哈尔滨话,与省内其他地区的普通话大不相同,标准而规范。南方朋友在电视上听到的东北话其实更多的是辽宁话、吉林话或哈尔滨周边地区的话。

儿时,去大连奶奶家住了一年。大连的亲戚们惊讶于我说的哈尔滨话"邪好听"。大连话的赞美,尾音如同下坠的感叹号,"狠歹歹地"。由此,我对哈尔滨话,有了一种莫名的自豪感。可是不久,就"归顺"了大连味,回哈尔滨好长时间,才"回归"过来。

百年前,"用火车拉来的城市"哈尔滨,很快成为一座新兴国际商埠。那时,哈尔滨话什么样?

当时,有19个国家在哈尔滨建立了领事馆。在世界上有"话语权"的国家,都抢着在这里"发声",用自己国家的语言在这里"刷存在感"。俄、英、法、德、意、美、日等纷纷上场，哈尔滨成了"世界语"大聚会。基督教、天主教、东正教、犹太教、伊斯兰教等用斯拉夫语、希伯来语、英语、法语、德语、意大利语、阿拉伯语等在各自教堂里高声诵经。当然，更多的中国人到极乐寺、普照寺或文庙烧香、叩头、许愿。只是，各国语言都集中在"特区"——道里、南岗，哈尔滨话集中在道外区。由于多来自山东、山西、河北、河南、安徽等地及哈尔滨周边的移民，那时的哈尔滨话，南腔北调。

早年的哈尔滨，俄语占据主要地位，影响最大。辽左散人（刘静严）于民国十八年（1929年）出版的《滨江尘嚚录》中，曾专门写到"半俄式之中国语"："本埠外人，以俄人为最多，皆麇集于特区境内，华人则以道外为聚处。华人之精通俄语者，固不乏其人……熟知年迁月积，竟使一部分之中国语言，几成为半俄式，即华人与华人交谈，大多数操此半俄式语言。如糖不曰中国字之糖，曰沙合利；面包不曰面包，曰劣巴；苦力曰老博带，皮鞋曰八斤克，火壁曰别力大；机器井曰马神井，房屋单间曰脑儿木，不好曰不老好，等等皆是。"并斥之为"可耻孰甚"。在"通晓俄语之时尚"一段中，这样写道："负贩走卒，亦莫不熟谙""而当谈话之际，罔不口若悬河，流畅无比""故久在哈埠生活者，不可不学习俄语""欲谋生于哈埠之人，虽无特别超人之艺能，果能熟悉俄语一项，生活问题，亦定可以无忧矣"。凭借说话就能生活得像模像样，大概也就哈尔滨了。不过，当时的哈尔滨话，只是"道外话。"道里、南岗则是俄语和各国语言及"半俄语"的天下。有一篇回忆文章《我怀念着哈尔滨——塞北乐园的素描》中写道："哈尔滨没有多少土著的住民……所以言语也没有固定乡土之音。商业上的接触颇多与俄人接近，所以这儿的人语言天才是优越的，起码可以讲两种外国语言。"看来，与道里、南岗30多国的"南腔北调"相比，老道外的"南腔北调"，只能算是"小调"。

语言的杂乱，更是引起文字的杂乱。"哈埠学校甚多，统系纷杂，在十五年（1926年）八月以前，尤为混乱""完全为半通不通之欧化文字，非倒装句法，即语无伦次""令人不能卒读""由高等毕业，尚不能阅普通报纸"。辽左散人将之斥之为"非驴非马之文字"，并厉声追问"谁之罪欤？"

新中国成立后，哈尔滨作为国家老工业基地建设城市之一，成了"共和国骄子"。有趣的是，作为"骄子"的哈尔滨话仍然丰富多彩。来自国外的技术专家和国内各地的大批大中专毕业生及工程技术人员，组成了最有知识的"工人阶级"。加上各地前来参加城市建设的新移民，哈尔滨话就更加南腔北调，方言荟萃。在职工住宅区、居民大院，邻里们操着各自的家乡话，彼此交流，生动有趣。儿时就对大院里邻居们的山东话、河北话、山西话和东北各地的地方话十分好奇。久之，懂得了所谓山东话，其实可细分为烟台话、青岛话等多种，辽宁的锦州话、沈阳话、大连话也差距极大。

随着人口流动性加大，加上坚持推广普通话，现在，各地的方言特色越来越淡化，许多地方语言的"棱角"已被岁月打磨光滑，年轻人已经很难从语言中区分籍贯，中国人听中国话需要"翻译"的年代过去了。但是，哈尔滨话仍然有着独特魅力。

与其他地方不同的是，哈尔滨人的原有"乡音"不是集中的一种，也由于失去了故乡的根据地，易被同化。所以，哈尔滨推广普通话的难度较小。也有些许遗憾，就是哈尔滨人对乡音的感觉，越来越淡。

很早就喜欢听朗诵。因为，语音标准，诗文优美。最早的《谁是最可爱的人》《依依惜别的深情》《海燕》《鹰之歌》到《西去列车的窗口》《理想之歌》，尤其敬爱的周总理逝世后，《周总理，你在哪里？》《周总理办公室的灯光》等一批优秀诗文朗诵，感人肺腑，催人泪下。近年常听的唐诗宋词配乐朗诵等，更是把朗诵融入音乐背景的高雅氛围中，将其提升到新的艺术高度。只是我一直坚持一个看法，即朗诵者说的都是哈尔滨话。

一本书读懂老哈尔滨
——读辽左散人《滨江尘嚣录》

20世纪二三十年代的哈尔滨，是"东方莫斯科"和"东方小巴黎"。如今，昔日繁花似锦已如岁月流逝，散成了遥远的点点星光，渐渐淡出人们的记忆。人们在老建筑、老照片、老故事里，还可淘出依稀而又闪光的点滴回忆。

一本书读懂一座城。那么，有没有一本书，让人读懂老哈尔滨当年的风光呢？

有。辽左散人所著《滨江尘嚣录》。

《滨江尘嚣录》（封面副题"居游哈尔滨者之唯一指南"），民国十八年（1929年）六月二十五日初版，哈尔滨新华印书馆印刷。

这部洋洋18万字、配有50幅照片的文言体纪实，作者通过1919年至1929年10年间在哈尔滨的见闻、考察，记录了哈尔滨伴随东北"解禁"的畸形繁华，客观真实、细致入微地反映了当时哈尔滨的社会状况。

《滨江尘嚣录》是一幅老哈尔滨的"清明上河图"。

哈尔滨的历史渊源、区划人口、机关设立、司法军政、金融交通、实业谋生、消遣娱乐、社会杂闻，一目了然，尽收眼底。"举凡目睹之现象，变迁之历史，实业之概况，风俗人情，行政交通，以及消遣琐闻，食宿游览，挈领提纲，详分章节，述而出之。使来斯土者，既免歧途之误；巡方览胜者，更可少借问之劳。"书中附录部分系旅游指南，松浦镇视察记，哈埠与世界时间对照，官署局所学校公会报馆银行之地点，驻哈各外国领事馆所在地。可谓"一书在手，哈埠通透"。

《滨江尘嚣录》是一个老哈尔滨的社会"显微镜"。史料翔实，追根溯源，记述精准，观察入微。凡社会各个层面，三教九流，五行八作，民风民俗，涉猎广泛。仅从"人口"一节，即可看出资料的翔实性，数字的权威性。"迨民国十四年度（1925年）十月间调查全埠人口，计华人二十一万二千八百六十三名，俄人九万二千八百五十二名，日本三千二百八十七人（名），朝鲜九百六十二人（名），犹太一千四百人（名），波兰五百人（名），英国一百五十人（名），美国一百十二人（名），德国一百四十三人（名），法国一百三十人（名），意大利三十人（名），其他国籍共一百余人，总计三十二万弱。"而书中内涵，也远非旅游指南那样简单，赋予了翔实的史料性质，更似一部历史教科书和民俗风情画。

这样一部书，为何要称作"尘嚣录"呢？作者在书中"引言"中写道："息影滨江，倏逾十年。每念花花世界，易迷有众，攘攘群生，诡诞多端，不禁戚然忧之。"面对这样一个繁华奢靡的社会，忧心社风堕落，忧心民众迷途。目的是为哈尔滨进一步开放、发展、繁荣而屏除"尘嚣"。这既是写作初衷，亦可见作者的爱国之心，忧国之愤，其具有一定的政治头脑和社会治理才能。

那么，《滨江尘嚣录》作者眼中的老哈尔滨，是怎样"尘嚣"的呢？

书中对社会阴暗面进行了无情揭露和严词痛斥。匪盗之患，是当时社会的巨大公害。"哈埠自开辟以来，即为各色人等聚集之地。人类良莠不齐，杀人越货之事，几属见惯""骇人听闻"；车夫之野蛮，"最为万恶者，厥为当时诸马车夫，多属匪类"；"阴阳界"，当时松花江的别称。"盖江北为黑（龙江）省辖地，江南为特区及吉（林）省辖地，江北烟禁大开，江南则厉禁如故，斯以仅一江之隔，即别有天地，谓非一地方之奇闻耶？"

《滨江尘嚣录》中，对社会奢靡风气，做了详尽披露。"本埠以谋生较易，报酬稍多之关系，遂使风俗日趋奢靡，举凡衣食住诸大端，罔不用费浩大""头戴獭貂等皮帽，身披青呢大氅水獭配领之人，触目皆是；夏季应时之绸衫纱裋，巴拿马式草帽，则尤难指数"。

除了大量笔墨书写"尘嚣"，《滨江尘嚣录》还细致刻画了哈尔滨的独特之处，如妇女服饰的时髦，随处可见的俄式建筑，巍峨的松花江铁路桥，华丽的火车站大楼，等等。

也有不"尘嚣"处。书中记录了哈尔滨"半俄式中国语"流行的趣象："本埠外人，以俄人为最多……华人之精通俄语者，固不乏其人……如糖不曰中国字之糖，曰沙合利；面包不曰面包，曰岁巴；苦力曰老博带，皮鞋曰八斤克，火壁曰别力大，机器井曰马神井，房间单间曰脑儿木"等等，俯拾皆是。尤其特区（道里）方面度量衡，多采用俄国标准，如阿拉申、沙绳、布特等。"夫特区我土地也，市场交易，不以我国之标准为单位，反以外人之名称为单位，可耻孰甚。"

而在"语体文之研究"一节，作者记述了新文化运动时哈尔滨的语言混乱状况，读者可从中感悟白话文诞生、成长的艰辛路程。当时学校，各自为政，有的以教授文言文为主，有的以白话文为重，还有的教授半通不通的欧化文字，"繁赘琐杂""非驴非马""语无伦次""不能卒读""至由高等毕业，尚不能阅普通报纸"。大概哈尔滨是白话文初期语言最混乱的城市吧。

《滨江尘嚣录》也有漏点。书中虽浓墨重彩写了戏剧、名伶，甚至跳舞等，但对西方音乐却只字未提。不知是出于缺少研究还是别的原因，或许音乐是作者耳中更大的"尘嚣"而不屑一顾？总之，留下巨大遗憾。

《滨江尘嚣录》作者刘静严，署名"辽左散人"。作者退出电影行业，在哈尔滨生活十年。《滨江尘嚣录》中，印有作者刘静严长袍马褂，手持文明棍儿的坐像。有人估计其年龄时为40岁左右。从辽宁铁岭王玉承和李遇春为该书作序来看,有人猜测刘静严应为铁岭人。

《滨江尘嚣录》结尾处的一段话,可看出这位对兴奋剂既反对,又将信将疑的作者的最后去向。"平日不尚锻炼,身躯尤极衰弱。今仅草成十万余字,已心力交瘁。兹者本书正文,即宣布告终。俟试服兴奋品若干剂后,果能精神振作,尚堪一显身手,当再作续《滨江尘嚣录》,以飨读者"。这位有病乱投医的才子作者,若沾上兴奋剂,无疑饮鸩止渴,去日可能无多矣,恐被一生蔑视的"尘嚣"埋没。未见《滨江尘嚣录》续集,不就是证明吗?

据有关记载,《滨江尘嚣录》作为民国时期出版的书籍,即便在哈尔滨本地,也相当罕见。有一种说法,该书出版后,受到了黑社会势力的抵制甚至被销毁。从侧面说明,《滨江尘嚣录》的内容是真实客观的,也道出了此书流传不广、人们知之不多的原因。

新版《滨江尘嚣录》被收于《20世纪人文地理纪实》(第二辑主编:杨镰,由张颐青、杨镰整理),中国青年出版社2012年12月出版发行。自此,那段尘封了近一个世纪的"尘嚣"老哈尔滨历史,拂去历史的尘霾,又露出清晰的面容。

(原载2019年4月21日《哈尔滨日报 太阳岛》本文有删改)

趣聊当年的"哈尔滨八大怪"

"秋林面包像锅盖""貂皮大衣毛朝外""喝啤酒，像灌溉""柿子鸭梨冻着卖""自行车，把朝外""裤衩兜，满街拽""坐车没有走的快""大姑娘冬天露膝盖"。能看懂这段话的人，恭喜您，您就有资格自命为老哈尔滨人啦。于是，也就可以多多少少因有点感觉不凡而沾沾自喜呢。

这是当年哈尔滨人争相传诵，流传甚广，脍炙人口而又人人心领神会的时尚文化——"哈尔滨八大怪"。说的是八种哈尔滨市民生活中的常见现象。

如今，能够一句不拉地把"哈尔滨八大怪"说出来，并非易事。倘能够说得准确无误，更是难上加难。为啥？一是当年市民口口相传，没有"官方文件"。二是各种版本杂驳，其说不一。三是年代久远，能够记起，实属不易。改革开放初期，台湾艺人凌峰率摄制组到祖国大陆拍摄风光片《八千里路云和月》，在拍摄哈尔滨时，曾专门介绍过"哈尔滨八大怪",影响很大。可惜,既不完全,也不准确。下面是我根据当时所听说的"哈尔滨八大怪",解析一番,权博一笑。

第一怪:"秋林面包像锅盖"。是说哈尔滨秋林公司的列巴(俄语"面包"之意)大如锅盖。秋林公司是俄国人伊万·雅科列维奇·秋林在俄国伊尔库斯科创办的一家商业企业。哈尔滨建城初期,伊万·秋林的继承者亚历山大·瓦西里耶维奇·卡西亚诺夫在哈尔滨建立了哈尔滨秋林公司,成为俄国和远东地区大型商业连锁企业的分公司。秋林公司工艺独特的列巴和里道斯红肠,闻名遐迩,成为哈尔滨经久不衰的畅销食品。尤其列巴,大小堪比中型闷罐锅盖,成为一怪,与人们印象中的面包相距甚远,令许多外地初次来哈的客人迷惑不解。毕竟是几乎与哈尔滨"同龄"、具有老资格的"洋货",这些被人认为"怪洋"的列巴,又怪又"洋",哈尔滨人却见怪不怪,一副见多识广、颇为自豪的表情荡漾在脸上。列巴不但大,而且挺重。很多年前曾到大连串亲戚,带了十个列巴,装了满满一个大编织袋。到站后,请来一位"小红帽"帮助。他问:什么东西,这么重?我怕说列巴人家听不明白,就回答是面包,他瞪着我,大张着嘴,无论如何不相信。

第二怪:"貂皮大衣毛朝外"。这一怪,也是"舶来品"。早年哈尔滨的俄罗斯人,喜欢在冬天穿貂皮、裘皮大衣,这也是身份的象征。只是,貂皮、裘皮大衣与中国传统观念大相径庭,皮毛朝外。中国的羊皮大衣,毛在里侧。于是,在哈尔滨会看到两种情况。一种是身着貂皮、裘皮大衣的男男女女，多在道里、南岗；另一种是身穿羊大衣或羊皮袄的人，多在道外。胡适先生所说的中西文明交界点、碰撞的城市在哈尔滨，貂皮、裘皮大衣PK羊皮大衣、羊皮袄，应该是道里的电车、汽车PK道外的人力车之外又一个例证。这些外国人身着毛朝外的貂皮、裘皮大衣，在街上行走，不但外地人看着别扭，就是老道外这些来自山东、河北、山西、陕西等地的移民也觉得"怪"。何也？非我族类嘛。

第三怪："喝啤酒，像灌溉"。追溯起来，是指20世纪70年代传遍市区中小饭店和结婚办席等场合的喝啤酒"豪饮"风潮。太阳岛餐厅，开启了哈尔滨"喝啤酒，像灌溉"的闸门。20世纪70年代末，在全国最早生产啤酒的城市哈尔滨，喝啤酒是少数人的奢侈。其原因，一是价格高；二是买啤酒要同时交空啤酒瓶子，也就有了"换啤酒"一说；三是数量少。只有少数大中型副食品商店偶尔有卖，还限量，且经常断供。所以，啤酒是稀缺饮品和市民重量级"年货"，甚至成为节日礼品。夏日里，生啤酒"不断流"的太阳岛餐厅，生意就格外火爆。每天中午到下午，餐厅前门庭若市，人声鼎沸。从餐厅内到餐厅外，两列排成长队的顾客拥挤异常。一队是买啤酒的，一队是喝完酒退酒杯、退押金的。更多的人因耐不住长时间排队而"望酒兴叹"。由于到太阳岛的人基本都自带一些罐头和副食品，每天黄昏前，餐厅都要由专人清理这"大批量"的罐头瓶子，堆积在餐厅后面的空地上。积累多了，一并送废品站。后来，不知是谁的"金点子"，将回收的空罐头瓶子清洗、消毒后，当作餐厅的啤酒杯。一来省去了昂贵的啤酒杯，减少了退还啤酒杯和押金的环节，也减少了排队的时间，降低了成本，提高了效率。二来罐头瓶子无须购买，不计损坏和丢失，数量有保证。三是极大提高了啤酒销量，也吸引了更多的顾客。大量的顾客用罐头瓶子将啤酒端到餐厅外草地上、树荫下，甚至江边，"一罐啤酒喜相逢"。这是当年夏日太阳岛餐厅内外的一个新场景：许多年轻人聚在一起，以罐头瓶子为杯，碰"罐"嘭然，一声吼，一仰脖，一饮而尽，那叫一个"爽"。很快，这股风刮进了城市的大街小巷。由此，"喝啤酒，像灌溉"成为哈尔滨饮食文化的重要组成部分，外地人眼中的风景，当然，也不排除心中的困惑——怪。不过，哈尔滨人懂得，喝啤酒，一口一杯，那叫"干"；一口一瓶，那叫"吹"；一口一罐头瓶子呢？那么大流量倾泻下肚，不叫"灌溉"，还有更精准的注解吗？曾参加过在大院办席的婚礼，对新人早已没什么印象了。但是，如同汽油桶一般的大桶盛满啤酒，却是难以忘怀。记得服务的人将啤酒装入烧水壶，拎到各桌，斟入客人面前的罐头瓶子里。仅仅分管几张桌子，已经令其手忙脚乱了，因为，跟不上"灌溉"速度。二十张桌子，数名服务的人穿梭般忙碌。可以说，啤酒从啤酒厂大罐，经历"汽油桶"运输，到烧水壶，到罐头瓶子，到肚子里，大概只需三四个"扬程"，即可完成"灌溉"。

第四怪："柿子鸭梨冻着卖"。哈尔滨冬天吃冻梨、冻柿子可谓一绝,且历史久远,是"冰城"哈尔滨冬季里大人孩子无不喜爱的"特供"。冻梨、冻柿子也是哈尔滨人春节的年货之一。这是因为北方冬季难得一见新鲜水果,冻梨、冻柿子便于保管,价格也便宜,具有特殊滋味。尤其冬天屋子因供暖而干燥。凉滋滋、甜滋滋、一咬一包水的冻柿子或者冻梨滑入口中,顿觉嗓子清爽,凉沁肺腑,滋润着呢。冻梨、冻柿子有人用凉水缓软了以后吃,也有人趁冻"生啃"。许多男孩子都有过买冻梨回家的路上,已经偷偷"生啃"好几个的经历。不过,冻梨并不是冰冻的鸭梨,而是花盖梨。谁承想,几十年后的今天,沉寂已久、已渐渐淡出哈尔滨人视线的冻梨、冻柿子,又被冬季来哈的南方"小天使"们激活,在热气蒸腾的铁锅炖店里,用果盘呈上切作几瓣的冻梨,花式摆盘,美若艺术品,冰冷的冻梨与热辣的铁锅炖成为绝配,令外地游客啧啧称奇,大开眼界。这一"怪",是老品牌赋予了新内涵,典型的"推陈出新"。

  第五怪:"自行车,把朝外"。这是20世纪70年代中期哈尔滨自行车制造业的一个杰作。哈尔滨自行车厂生产出一种款式新颖的"孔雀牌"自行车。一改大街上几十年满是"大国防""飞鸽""凤凰""永久"自行车的局面。其特点被一句流行语道破:"窄圈活把一百三十九"。啥意思?"窄圈"是车轮窄,骑行轻,速度快。"活把"是车把灵活,转弯轻便。"一百三十九"是指价格,仅为"国防""飞鸽"牌自行车价格的三分之二。最显著的特点,是"把朝外"：自行车把手朝前，它却与传统自行车背道而驰。骑行时须身体压低，手臂压在车把上，如同赛车。试想，与骑行笨重的旧"二八大杠"相比，新潮、轻便、省力、速度快、骑行姿势美、价格低，且无须凭票购买，怎能不让大街上呈现许多年轻人飞车撒欢儿的一股新潮呢？只是，一些老年人看不懂，这自行车把朝外怎么看着这么别扭？而外地人对此更感奇怪。

第六怪："裤衩兜，满街拽"。这也是那个年代的产物。为方便购买生活日用品的需要，不知哪位天才发明了一种简易布兜，就像一个横开的信封，在上边剪掉一个浅"v"形，就成为一个布兜，人称"裤衩兜"。将蔬菜、饭盒或其他物品装入其中，把上边两角系在一起，一只手拎着，行车走路都得劲儿。不用时折叠起来，装入衣服口袋，方便、实用、价格低廉。当时街上不分男女老少，许多人都拎着"裤衩兜"，不为时髦，只为实用。当年购年货，许多人一个"裤衩兜"里面装着好几个"裤衩兜"，变戏法一般，转眼大包小裹，将购得的年货"一网打尽"。这一怪，持续了将近二十年。

第七怪："坐车没有走的快"。唉，这是当年城市交通不便的一个苦涩概括。道路狭窄、破旧，公交车更旧，且少，乘坐公交车实在是一件令人头痛的事。冬日里，在凛冽寒风中，苦等半小时、一小时是常事。车来了，候车人群一拥而上，挤在车门口，你争我抢，只为上车。经常出现汽车司机跑到车门口，用肩膀扛着堆挤在车门的乘客往车上"塞"。这就有了另一版本的一"怪":"上公交车架脚踹"。好容易车启动了,遇到冰面或坡路,还经常抛锚。于是,在坡路上,经常看到乘客们下车,集体在车后面"助推"。可想而知,能快吗?所以,许多人短途一般靠走,因为,确实是坐车不如走的快。那些年,我从南岗秋林去道里中央大街,始终是步行。因为,可以保证时间。另一层,也惧怕那种拥挤。其实,这种情况不仅仅哈尔滨存在,全国许多城市都是如此。当时,一篇文章在报道城市公共交通状况时,留下了一位乘客在公交车上喊出的经典:"别挤了,再挤就成相片啦!"有记者还专门调查过所在城市的公交车载客情况,高峰时最多达到每平方米9人。看来,这一"怪",许多地方通用。

第八怪:"大姑娘冬天露膝盖"。这仍是俄国侨民留下的"洋文化"。冬季里,俄国"玛达姆"(俄语:夫人、太太)身着貂皮、裘皮大衣,腿上却是浅色长丝袜,如同露着膝盖。这一传统,后来实实在在地传给了哈尔滨。改革开放后,人们生活水平提高,许多漂亮女士身着貂皮、裘皮大衣在繁华街区穿梭往来,同样穿梭往来的还有与貂皮、裘皮大衣相匹配的浅色长丝袜。这令外地人大惑不解,感觉十分奇怪。

"哈尔滨八大怪",产生在改革开放前和改革开放初期。人们思想开始活跃,敢于直面现实,表达观点。"哈尔滨八大怪"是这时期市民思想活跃的标志,思想解放的序曲。"哈尔滨八大怪",其中有褒贬,有扬弃,有自豪,有幽默。只是人们或许没有想到，几十年后，我们的生活发生了翻天覆地的变化，有的"怪"已经烟消云散，有的却仍倔强地"怪"着、"洋"着，吸引着游客的眼球。

而从另一个角度看，"哈尔滨八大怪"，已有了城市历史价值，是那一段历史文化的真实写照。

"建筑艺术博物馆"

经典荟萃的建筑艺术之*美*

漫说"建筑艺术博物馆"

尽人皆知，哈尔滨是闻名遐迩的"建筑艺术博物馆"。什么概念？出自哪里？无从查考。

我的理解，这个城市建筑艺术博物馆就矗立在哈尔滨的街头路旁，各种风格的建筑千姿百态，让这座百年城市，仿若异国他乡，是名副其实的"东方莫斯科""东方小巴黎"和"建筑艺术博物馆"。

为便于叙述，暂将这座"建筑艺术博物馆"分为"中国篇""世界篇""欧洲篇""俄罗斯（苏联）篇"和"中华巴洛克篇"。

"中国篇"：当然是中国传统风格建筑。主要有位于南岗区东大直街的极乐寺，位于南岗区文庙街的哈尔滨文庙（现为黑龙江省民族博物馆），位于南岗霁虹桥东侧的哈三中，位于道里区兆麟街的原市委办公区二号楼，位于工程大学院内的部分教学楼和医大二院教学楼等。

"世界篇"：世界三大宗教基督教、伊斯兰教和佛教，在哈尔滨都有代表性建筑。基督教代表建筑是位于南岗区东大直街的哈尔滨基督教会（原德国路德会教堂，哥特式建筑风格）。伊斯兰教代表建筑为位于道外区南十四道街的清真寺，位于道里区通江街的鞑靼清真寺。佛教的代表建筑是位于南岗区东大直街北侧的极乐寺。

欧洲三大宗教，在哈尔滨也都有代表性建筑。基督教（新教）的代表建筑就是南岗区东大直街的哈尔滨基督教会（原德国路德会教堂）。天主教的代表建筑为南岗区士课街的天主教堂（原东正教圣·阿列克谢耶夫教堂，巴洛克建筑风格）。东正教教堂的代表建筑是位于道里区透笼街的圣·索菲亚教堂（拜占庭建筑风格）和位于南岗区东大直街的圣母帡幪教堂（拜占庭建筑风格）。

尽人皆知，耶路撒冷是三大宗教的圣地，也就是说，犹太教、基督教和伊斯兰教的发源地，都在这里。一个有趣现象，在哈尔滨，既有犹太教的老会堂（原犹太总会堂，犹太建筑风格，位于道里区通江街，现为哈尔滨老会堂音乐厅）、新会堂（原哈西德教派教堂，犹太建筑风格，位于道里区经纬街，现为哈尔滨市建筑艺术馆），又有基督教教堂，还有伊斯兰教清真寺。三教的信徒，在百年前老哈尔滨狭小的区间内。

"欧洲篇"：哈尔滨既是"东方莫斯科"，又是"东方小巴黎"，可谓"欧洲建筑艺术博物馆"，欧陆风情尽收眼底。哈尔滨保护建筑中，欧式建筑占据了相当大的比重。哈尔滨市城市规划局编撰的《凝固的乐章——哈尔滨市保护建筑纵览》（共五辑），所列全市一、二、三类计247个保护建筑中，欧式建筑为182座，约占74%；而第一批一类51座保护建筑中，欧式建筑达46座，约占90%。

更令人惊奇的是，哈尔滨的欧式建筑，几乎囊括了欧洲建筑史上自拜占庭到现代主义的主要建筑艺术风格。这样的城市世界上绝无仅有。因为，欧洲各种建筑艺术风格都分别诞生在不同的国家和城市，因而也就形成了不同的中心。而作为建筑装饰风格寻求多样化的早期哈尔滨，已是欧洲各国商业贸易和外交汇聚的中心。故而，各种类型艺术风格建筑"奇葩竞放"，"欧洲建筑艺术博物馆"内容翔实，实至名归。

欧洲建筑史，以古希腊、古罗马开篇。那些支撑雅典神庙的高耸的柱式，是古希腊建筑的主要特征。如体态雄壮的男性的多立克柱，如女性身材苗条、华美而匀称的爱奥尼亚柱，模仿了少女苗条身材的科林斯柱，在哈尔滨比比皆是，如红霞幼儿园、黑龙江省美术馆、东北烈士纪念馆等。

欧洲最早诞生的拜占庭建筑艺术风格，是东罗马帝国（拜占庭）于中世纪早期在君士坦丁堡（今称伊斯坦布尔）建造的东正教圣·索菲亚大教堂。人们一定会联想到哈尔滨的圣·索菲亚教堂，俄罗斯式的东正教拜占庭艺术风格建筑。圣·索菲亚，意为"智慧"，也有人译为"神的智慧"。若论建筑艺术风格的年代，哈尔滨圣·索菲亚教堂的建筑风格可追溯至欧洲中世纪。

我们身边的哥特式代表建筑——哈尔滨基督教会（原德国路德会教堂），是另一个"进入"欧洲中世纪后期的哥特式建筑。而欧洲哥特式建筑的鼻祖是法国著名的巴黎圣母院，与之齐名的是大作家雨果的同名小说《巴黎圣母院》。我们熟知的德国科隆大教堂、意大利米兰大教堂也都是哥特式建筑风格。

意大利佛罗伦萨大教堂（圣母百花大教堂）以一尊代表人文主义精神的巨大罗马式穹顶，成为欧洲伟大文艺复兴运动的旗帜。哈尔滨市少年宫（原梅耶洛维奇大楼）是哈尔滨文艺复兴建筑风格的缩影。

巴洛克，哈尔滨人十分熟悉的名字。梵蒂冈圣彼得大教堂是欧洲巴洛克建筑风格的代表和经典瑰宝。哈尔滨中央大街原松浦洋行则是哈尔滨巴洛克建筑的典范。这些精美的建筑艺术品，硬生生将"畸形的珍珠"这个贬损之意的名字，"修正"为"创新、动感、华丽"和炫耀财富的符号。

欧洲古典主义建筑风格的巅峰是法国巴黎卢浮宫的东立面。哈尔滨古典主义建筑的杰作是巍峨、挺拔、俊秀、典雅的东北烈士纪念馆（原东省特区区立图书馆），放射着理想主义思想光辉。

欧洲新古典主义（古典复兴）建筑风格以法国巴黎先贤祠（万神庙）复兴古罗马建筑风格为标志。哈尔滨市此类风格的建筑精品是革命领袖视察黑龙江纪念馆和黑龙江省美术馆。

欧洲浪漫主义（哥特复兴）风格建筑鼎盛时期的代表作是英国伦敦的国会大厦。而哈尔滨和平邨宾馆1号楼（贵宾楼）和道里区红霞幼儿园则充分体现了复兴中世纪浪漫主义建筑风格的精髓。

以"多源选取""杂糅"为特征的欧洲折衷主义建筑风格，其代表作是婀娜多姿的法国巴黎歌剧院。哈尔滨折衷主义建筑是包括秋林公司在内的一大批建筑。

欧洲新艺术运动建筑风格的标志性建筑是法国巴黎的埃菲尔铁塔，开辟了新的建筑装饰艺术时代。哈尔滨新艺术运动艺术风格建筑，是人们熟知的老哈尔滨火车站、马迭尔宾馆等。倒是"摩登"似乎更能代表新艺术运动建筑风格的本质。马迭尔，俄语之意就是"摩登"。

装饰艺术运动建筑风格的旗帜是美国纽约的克莱斯勒大厦（超出欧洲范围）。哈尔滨装饰艺术运动建筑的代表是哈尔滨国际饭店。

欧洲现代主义建筑风格（现代风格）的源头是德国魏玛工艺美术学校（包豪斯）。哈尔滨现代主义建筑（现代风格）的代表是黑龙江日报报业集团大楼。

"俄罗斯（苏联）篇"：中东铁路，拉来了哈尔滨这座城市，也拉来大量俄国人。于是，哈尔滨有大量俄罗斯风格建筑就不足为奇了。新中国成立初期，哈尔滨成为国家新兴工业基地城市，许多苏联专家在哈尔滨工作、生活，受其影响，哈尔滨建造了许多苏联时期风格的建筑。

哈尔滨市的圣·尼古拉教堂，是典型的俄罗斯哥特风格建筑。教堂广场及周边建筑成为按照俄罗斯风格规划建设的起点，也是"东方莫斯科"的最佳注解。可惜这座教堂已被毁。

哈尔滨天主教堂（原圣·阿列克谢耶夫教堂），现为哈尔滨天主教会所在地。哈尔滨共有哈尔滨铁路局车辆厂文化宫等几十座俄罗斯传统风格建筑。还有许多原中东铁路职工住宅——"黄房子"，有的目前仍在使用。

此外，哈尔滨松花江畔还有三处俄罗斯风格建筑小品，分别是位于道里区斯大林公园餐厅西侧的江畔餐厅、位于道里区斯大林街的哈尔滨铁路江上俱乐部、位于道里区斯大林公园的江畔斯大林公园餐厅，极具美感，充分体现了俄罗斯浪漫主义对其建筑风格和艺术个性的影响，并以其体量小、功能单一、具有点缀性和装饰性，起到美化作用，为松花江畔增添了"洋韵味"和浪漫情调，也为"东方莫斯科"提供了佐证。

苏联时期风格建筑主要有位于南岗区西大直街的哈尔滨工业大学主楼，位于南岗区复华二道街的哈尔滨工业大学人文社科学部，位于香坊区和平路的黑龙江中医药大学主楼等。

"中华巴洛克篇"：在哈尔滨老道外区，一些老建筑体现出浓郁的欧洲巴洛克建筑构思原则，又具有强烈的中国传统装饰文化特征，故有"中华巴洛克"之称。经过长期的修葺、整治和改造，老道外"中华巴洛克"街区建筑群已经成为哈尔滨市著名旅游景区之一。

"中华巴洛克"建筑以中小型商业及住宅建筑为主，间有少量大型银行和饭店。更为普遍的是混合型。建筑多为2—3层，底层为店铺，上层则为住宅，砖木混合结构居多，采用外廊式布局，木楼梯、木楼板相当普遍。外街内院，每个院落由3—5座单体建筑合围而成。

"中华巴洛克"建筑的建筑特征：一些商业建筑模仿巴洛克建筑装饰成分较多，能体现出某些巴洛克建筑风格特点，如"创新、动感、华丽"及注重光影效果等。主要建筑有：哈尔滨市中西医结合医院（原同义庆百货店）、哈尔滨市名流酒店用品商店（原天丰源杂货店）、黑龙江省水利厅招待所（原义顺成、义顺源商店）、环宇文教用品商店等。另一类建筑主要位于靖宇街及两侧的小巷里。这些建筑在装饰构图上，常将蝙蝠、石榴、金蟾、牡丹等具有吉祥象征的装饰图案表现在建筑的任意部位，其总体布局及设计理念则根植于中国传统建筑思维。

建筑是什么？建筑是画，是雕塑，是"凝固的音乐"，还是"石头写成的史书"（雨果）。

看懂了哈尔滨这座"建筑艺术博物馆"，或许有助于了解早年哈尔滨是怎样一座城市，有着怎样一段历史。

"珍珠项链"

相信吗？哈尔滨老建筑中，欧式风格建筑占绝对比例。

在《凝固的乐章——哈尔滨保护建筑纵览》（共五辑）标明的哈尔滨市一、二、三类247座保护建筑中，欧式风格建筑182座，约占74%；在第一批一类51座保护建筑中，欧式风格建筑达46座，约占90%。

有那么多吗？怎么看不出来呢？都在哪儿呀？

别诧异。实际上，这些只是保护建筑的一部分，哈尔滨欧式建筑何止这些。

这些欧式建筑，如同珍珠，星罗棋布地散落在哈尔滨的大街小巷，街头路旁。

还有更令人诧异的。哈尔滨是欧式建筑风格最全的城市。除去古希腊、古罗马，从拜占庭开始，到现代主义，哈尔滨几乎都有。集如此之多的欧洲建筑艺术风格于一城，世界上亦属罕见。

去过欧洲旅游的人，对欧式建筑有切身体会。因为，欧洲有一句话:"到了巴黎,不看建筑,你看什么?"没去过欧洲的人,相信也对欧洲著名建筑有一些粗浅了解。

不过,你看懂欧洲建筑了吗?

欧洲的经典建筑,是一颗颗晶莹别透的珍珠,千百年来,放射着璀璨的光芒,吸引着无数人的目光。那些各种风格的代表建筑,述说着一个个生动而又惊心的历史文化故事。

你欣赏过这些珍贵的"珍珠"吗?它们是:拜占庭风格建筑的"鼻祖"——东罗马帝国君士坦丁堡的(今称伊斯坦布尔)圣·索菲亚大教堂;巴黎哥特式风格建筑的经典——法国巴黎圣母院;文艺复兴建筑风格的开篇——意大利佛罗伦萨大教堂(圣母百花大教堂);巴洛克建筑风格的巅峰——梵蒂冈的圣彼得大教堂;古典主义建筑风格的代表作——法国巴黎卢浮宫(东立面);新古典主义建筑风格的标志——法国巴黎先贤祠(万神庙);浪漫主义(哥特复兴)建筑风格的代表——英国伦敦国会大厦;折衷主义建筑风格的杰作——法国巴黎歌剧院;新艺术运动建筑风格的标志——法国巴黎埃菲尔铁塔;装饰艺术运动建筑风格的典范——美国纽约克莱斯勒大厦(超出欧洲范围);现代主义建筑风格的先驱——德国魏玛工艺学校(包豪斯)。这些"珍珠"具有不可或缺、不可替代的历史价值。如同欧洲建筑艺术发展史的车轮,从古希腊、古罗马起步,一路滚滚而来。

这里面暗含着一条看不见的"金链"。将这些看似零散的"珍珠"，用欧洲建筑史这条"金链"穿起来，才是真正的"珍珠项链"，才是真正意义上的欧洲建筑艺术和文化。掌握了欧洲建筑史，从这条"金链"的视角，才能看懂这些建筑风格的来龙去脉，才会看出个"子午卯酉"来，也才会不白去一回欧洲。不然的话，恐怕只是看了个皮毛。

这些建筑艺术的经典，担起了欧洲建筑艺术的"骨架"，使之高居于世界建筑艺术的巅峰。

哈尔滨欧式建筑不易看懂，重要原因是，我们按惯常思维来理解，忽略了欧洲建筑艺术背景，或对建筑风格背后的历史艺术文化缺少认知，不知道哈尔滨是欧式建筑艺术的"小珍珠项链"。想要学懂弄通，前提是必须先看懂欧洲建筑艺术的"大珍珠项链"，然后就一目了然了。这就是，循着欧洲建筑史的路径，走进身边这些欧式建筑的艺术世界。用欧洲建筑史的"金链"，穿起哈尔滨经典欧式建筑的"珍珠"。一件完美的建筑艺术精品，会灿烂夺目地闪耀在你的眼前，你就会看懂哈尔滨欧式建筑了：拜占庭建筑风格的圣·索菲亚教堂；哥特式建筑风格的哈尔滨基督教会（原德国路德会教堂）；文艺复兴建筑风格的哈尔滨市少年宫（原梅耶洛维奇大楼）；巴洛克建筑风格的教育书店（原松浦洋行）；古典主义建筑风格的东北烈士纪念馆（原东省特区区立图书馆）；新古典主义的黑龙江省美术馆（原日本横滨正金银行哈尔滨分行）；浪漫主义建筑风格的和平邮宾馆1号楼（贵宾楼）；折衷主义建筑风格的秋林公司；新艺术运动建筑风格的马迭尔宾馆；

装饰艺术运动建筑风格的哈尔滨国际饭店（原新哈尔滨旅馆）；现代主义建筑风格的黑龙江日报报业集团（原哈尔滨弘报会馆）。你就会理解，这些代表性建筑具有哪些鲜明的建筑特色，又怎样成为城市靓丽的风景线，又是怎样重要的物质文化遗产。你会深刻领悟"东方莫斯科""东方小巴黎"和"建筑艺术博物馆"的真谛，才会真正读懂了哈尔滨，真正懂得了哈尔滨的文化艺术价值。其实，这只是哈尔滨欧式建筑风格的代表性建筑，实际数量十分可观，遍布南岗、道里等主城区。

"小珍珠项链"，大建筑学问。

实际上，许多人去欧洲旅行观光，也未必能全部看懂欧洲建筑。因为，走不了那么多地方。而且，几个大的必去景点所展示的，多是欧洲中世纪的建筑。后期欧洲建筑风格越来越简化，虽然数量上比中世纪时期多得多，但并不易引起重视。所以，许多人以为看到了几座欧洲大城市的中世纪建筑，就看到了欧洲史上的全部建筑风格。同样，哈尔滨的欧式建筑，因历史原因，中世纪风格的建筑少之又少，大部分以折衷主义、新艺术运动等后期建筑风格为主。另外，哈尔滨没有欧洲那种巍峨高耸、撼人心魄的哥特式、文艺复兴、巴洛克风格建筑，建筑体量上"微不足道"。所以，用习惯于欣赏欧洲中世纪建筑的眼光看哈尔滨，自然会觉得哈尔滨欧式建筑数量少，尤其许多建筑"不起眼"，就更看不出价值所在。

弄明白欧洲建筑史是一件难度较大的事。若要全部看懂欧洲建筑艺术，需专门制定攻略，花费大把时间和经费，才会真正弄懂弄通。而从这个角度看，通过欣赏哈尔滨欧式建筑来认知欧洲建筑艺术史，简便易行，一站搞定。不是有句话嘛："不是欧洲去不起，而是哈尔滨更有性价比"。倘要将欧洲九种风格的建筑都欣赏一遍，那么恐怕许多人真的去不起。

欧洲每一种建筑风格都有大量的同类风格建筑，比如哥特式建筑，除了巴黎圣母院，还有德国科隆大教堂，意大利米兰大教堂等；新古典主义建筑，除了法国先贤祠（万神庙），还有德国柏林勃兰登堡门等。哈尔滨也是如此，如拜占庭风格建筑，除了圣·索菲亚教堂，还有圣母怜憫教堂、圣伊维尔教堂等；新艺术运动风格建筑，除了马迭尔宾馆，还有黑龙江省博物馆、米尼阿久尔茶食店等。徜徉于哈尔滨大街之上，品赏各种类型风格的建筑，并观其异同，细心领会各种欧式建筑风格特征，"站在街头想远方"，实在是一种十分有趣的学习和艺术享受。

建筑是文化，更是艺术。通过欣赏哈尔滨欧式建筑这个"小珍珠项链"，你会看懂欧洲建筑艺术的"大珍珠项链"，会读懂欧洲建筑艺术史和欧洲发展史，更加关注欧洲经典建筑，以及音乐、文化和历史，从而，对世界有新的认识。

我的 City Walk

天性愚钝，从未赶过"时髦"，也从未赶上过"时髦"。平淡的生活中，唯喜看书，并自诩"文学青年"，算是接近"时髦"，却也含一半"水分"。如今，这堂而皇之的"冠冕"，也被无情岁月打发到记忆深处去了。

天知道，竟会"时来运转"。我终于赶上了一波"时髦"！不！准确地说，是被"时髦"赶上了。

这"时髦"，唤作 City Walk。

啥意思呢？城市漫步旅行。

目前，开始在年轻人中流行一种新的旅行方式。主张追求旅行的闲适和随意，不做攻略，避开热门景点，深入到城市的特色街巷，以无目的性、非功利化的理念，漫步游走。用脚步测量城市温度，感受城市的独特魅力，"随机性"地发掘城市文化内涵，探索生活真谛。

新鲜吧？

于我而言，不新鲜。早就开始了。倒是称作 City

Walk 挺新鲜。

多年来，养成了一个独特爱好——游览自己的城市。缘于喜欢欧洲建筑史，发现哈尔滨的欧式建筑艺术"小而全"，欧洲主要建筑艺术风格几乎都有"代表作"——名副其实的"建筑艺术博物馆"。

徜徉在矗立街头路旁的"建筑艺术博物馆"，欣赏那些欧式艺术风格的建筑，在"洋生洋长"的哈尔滨"深度游"，那叫"游"得随时随地，"游"得随心所欲，"游"得赏心悦目，"游"得如痴如醉。

哈尔滨市城市规划局编撰的《凝固的乐章——哈尔滨市保护建筑纵览》，所列第一批一类保护建筑中，欧式建筑占了绝大部分。令人惊奇的是，这些欧式建筑，几乎囊括了欧洲建筑史上从拜占庭到现代主义的主要建筑艺术风格。

更久远的那些支撑雅典神庙、古罗马万神庙的柱式，是古希腊、古罗马建筑的主要特征。被誉为如体态雄壮的男性的多立克柱，如女性身材苗条、华美而匀称的爱奥尼亚柱，模仿了少女苗条身材的科林斯柱，不稀奇，在哈尔滨比比皆是。

古希腊、古罗马之后，欧洲最早诞生的拜占庭建筑艺术风格，是拜占庭帝国于中世纪早期在君士坦丁堡（今称伊斯坦布尔）建造的东正教圣·索菲亚大教堂。说到这儿，人们一定会联想到哈尔滨的圣·索菲亚教堂，俄式的东正教拜占庭艺术风格建筑。圣·索菲亚，多么美的名字！意为"智慧",也有的译为"神的智慧"。若论建筑艺术风格的年代,哈尔滨圣·索菲亚教堂的建筑风格可追溯至欧洲中世纪早期。

经常路过的南岗东大直街哥特式代表建筑——哈尔滨基督教会(原德国路德会教堂),是哈尔滨另一个进入欧洲中世纪后期的哥特式风格建筑。欧洲哥特式建筑的鼻祖是法国著名的巴黎圣母院,文学爱好者会立马想到大作家雨果的同名小说《巴黎圣母院》。去过法国巴黎的人更会被其震撼。人们熟知的德国科隆大教堂、意大利米兰大教堂也都是哥特式建筑的姊妹。

意大利佛罗伦萨大教堂(圣母百花大教堂)以一尊代表人文主义精神的巨大罗马式穹顶,成为欧洲伟大文艺复兴运动的旗帜。哈尔滨市少年宫(原梅耶洛维奇大楼)是欧洲文艺复兴风格建筑在哈尔滨的缩影。

巴洛克,哈尔滨人十分熟悉的名字。中央大街教育书店(原松浦洋行)是哈尔滨巴洛克风格建筑的典范。意大利梵蒂冈圣彼得大教堂则是欧洲巴洛克建筑风格的代表和经典瑰宝。这些精美的建筑艺术品,硬生生将"畸形的珍珠"这个贬损之意的名字,"修正"为"创新、动感、华丽"和炫耀财富的符号。此外,老道外还有那么多"古为今用,洋为中用",凝聚了老辈工匠智慧和汗水的"中华巴洛克"建筑,至今仍为外地游客打卡地和市民怀旧的梦。

古典主义建筑风格的巅峰是法国巴黎卢浮宫的东立面和凡尔赛宫。不过,还是喜欢哈尔滨古典主义风格建筑的杰作——巍峨、挺拔、俊秀、典雅的东北烈士纪念馆（原东省特区区立图书馆），好像更能看出其闪耀的欧洲古典时期理想主义思想光辉。

新古典主义（古典复兴）建筑风格以法国巴黎先贤祠（万神庙）为标志。从革命领袖视察黑龙江纪念馆和黑龙江省美术馆，可欣赏到哈尔滨此类风格建筑的艺术魅力。

浪漫主义（哥特复兴），多么美的名字。欧洲浪漫主义（哥特复兴）风格建筑鼎盛时期的代表作是英国伦敦的国会大厦。倒是哈尔滨和平邨宾馆1号楼（贵宾楼）更充分体现了中世纪寨堡式哥特复兴建筑风格的精髓。

以"多源选取""杂糅"为特征的欧洲折衷主义建筑风格，其代表作为婀娜多姿的法国巴黎歌剧院。哈尔滨折衷主义建筑包括秋林公司等一大批建筑，占哈尔滨欧式建筑极大的比重。

新艺术运动，这是哈尔滨与欧洲几乎同步兴起的建筑艺术风格。欧洲新艺术运动建筑风格的标志性建筑是法国巴黎埃菲尔铁塔。而哈尔滨新艺术运动艺术风格建筑，似乎更像自己的"独门绝唱"，老哈尔滨火车站、马迭尔宾馆、黑龙江省博物馆、原米尼阿久尔茶食店等，哈尔滨人耳熟能详。似乎"摩登"更能代表新艺术运动建筑风格的本质。马迭尔，俄语之意就是"摩登"。比较特别的是老哈尔滨火车站，与老巴黎北站外形十分相似。无怪乎当年许多欧洲人下了火车，一出站台，看到这座欧式风格建筑，深为诧异，误以为到了巴黎。

装饰艺术运动建筑风格的旗帜是美国纽约的克莱斯勒大厦（已超出欧洲范围）。在哈尔滨欣赏装饰艺术运动建筑，那座外部装饰如同手风琴的哈尔滨国际饭店即是。

现代主义建筑风格（现代风格）的源头是德国魏玛工艺美术学校（包豪斯）。哈尔滨现代主义建筑风格的代表是黑龙江日报报业集团大楼。

别忘了，哈尔滨还有三处江畔俄罗斯风格建筑小品，以及许多俄罗斯传统风格建筑和苏联风格建筑。

哈尔滨，我的家乡，我心中最美的地方。只是，那么多年，我看不懂，看不明白。不是不用心，而是知识不够用。忒美啦，也忒深奥啦。近年来，仅仅知道一点欧洲建筑艺术的皮毛，就让我为这座城市倾倒。倘若知道得更多，将会更深刻地理解这座城市的内涵。这座城市，不但具有文化之美，更具有艺术之美。

喜欢 City Walk，喜欢在自己美丽的城市 City Walk。喜欢就这样一路漫步，一路徜徉，一路张望，一路欣赏。河南豫剧《朝阳沟》里银环的一句唱词最能代表我 City Walk 的心情："走一步，看一眼，我看也看不够……"那千姿百态的建筑艺术精品，那千差万别的艺术风格特色，那千回百转、螺旋前行的建筑艺术发展史展现的多彩世界，那千言万语尽在不言中的高雅尊贵。在哈尔滨 City Walk，会让遥远的欧洲不再遥远，让欧洲深邃的建筑史不再深邃，一部欧洲建筑艺术发展史，就"藏身"在哈尔滨城市林林总总的建筑丛中，等待去过或没去过欧洲的建筑艺术爱好者去"探宝";在哈尔滨 City Walk,能实现旅游的最高境界——走最少的路,看最多的不同。

建筑是什么?是绘画,是雕塑,是"凝固的音乐",还是"石头写成的史书"(雨果)。

看懂了哈尔滨欧式建筑的艺术风格,也就看懂了欧洲那些经典建筑,也就看懂了欧洲发展史。

(原载 2024 年 5 月 9 日《哈尔滨日报　太阳岛》本文有删改)

欧陆风情街

踏上哈尔滨中央大街的"面包石",便沉浸在恭立街旁、百态千姿的欧式建筑的簇拥之中了。会眼花缭乱,抑或些微困惑:这里是"东方莫斯科"呢,还是"东方小巴黎"?

确切地说,哈尔滨中央大街是名副其实的欧陆风情街,还被誉为"建筑艺术博物馆"。被列为哈尔滨市一、二、三类的保护建筑就达17座,荟萃了欧洲文艺复兴、巴洛克、古典主义、折衷主义和新艺术运动五种建筑艺术风格。中央大街,处处洋溢着浓郁的欧陆风情和艺术魅力。

"没到过中央大街,就等于没到过哈尔滨。"

同样,"错过欧陆风情街的建筑艺术,就等于没看懂中央大街"。

让我们开启欧陆风情街的观光之旅,亲历一番琳琅满目的欧式建筑艺术,领略一段风情万种的欧陆浪漫风情。

高大、精美、洋气、浪漫的街门,"中央大街"四个"舞之蹈之""春风满面"的金色大字,扑面而来,洋溢着洋气、温馨、浪漫的气息，心情会立马上升到"G调"。

两座风格迥异的欧式建筑，恭列门前两侧，如同迎接贵客的礼宾，热情亲切。一座是中央大街1号，万国储金会旧址，原市教委，现为六桂福珠宝店。哈尔滨市二类保护建筑（以下简称N类建筑）。建于1925年，古典主义建筑风格。建筑主入口的爱奥尼亚柱式，柱头上卷曲如发卷的装饰，展示着古典的浪漫，与门上方"浓缩版"的三角形山花，共同体现了古典主义建筑艺术风格的主要特征。女儿墙花瓶式柱杆与墙垛，虚实相间，突出了光影变化。整座建筑庄重、古朴、典雅。另一侧的中央大街2号，哈尔滨一等邮局旧址。二类保护建筑，建成于1914年，折衷主义建筑风格。墙体立面仿石块砌筑，增加了稳定感。金属制作的女儿墙栏杆与转角处金属栏杆的圆弧阳台，体现了新艺术运动建筑风格特征。建筑屋顶冠以红色穹顶，突出了主入口，展现了另一种风格元素，加深了人们对折衷主义建筑风格"多源选取""杂糅"内涵的理解。这两座分别代表庄严、典雅和端庄、妩媚的建筑，一个古典，一个浪漫，相得益彰，别开生面。

中央大街17—21号，阿格洛夫洋行旧址，原黑龙江省商业厅。二类保护建筑。建于1923年（一说1926年），折衷主义建筑风格。透着古典神韵的爱奥尼亚式巨柱使二、三层浑然一体，也让整座建筑显得高耸巍峨，大气典雅。三层顶部檐口大大的出挑，形成强烈的光影效果。建筑立面阳台造型优美且富有变化。

中央大街58号，米尼阿久尔茶食店旧址。曾是著名的哈尔滨摄影社。一类保护建筑。建于1926年。新艺术运动建筑风格。"米尼阿久尔"，俄语"精美的艺术品"之意。建筑顶部女儿墙由自由活泼的铁艺与墙垛相连，虚实相间。墙垛曲线向内运动呈内敛状，形成优美的椭圆形；两墙垛间的空间合成花瓶型。墙垛之间以精美的铁栏杆相连，一条横线与三条竖线相交，汇成一大一小两个内切环，竖线的末端似跳动的火焰，活泼灵动。阳台栏杆突出植物优美的变化曲线，体现新艺术运动风格建筑强调以自然为源泉，模仿自然界繁茂草木形态曲线的精髓。注重光影效果则是另一个重要的特点，从远处看，二层上部窗边八个墙垛上方的阴影造型，似强光下象征派画家笔下的人头雕像。

资料记载："原版"的米尼阿久尔茶食店，装饰繁复独特，女儿墙垛柱头上方均为美女头部雕像，柱头之间是宛如细腰的瓶形柱，在新艺术运动风格建筑中，较为罕见。据说是受当时欧洲流行的象征主义艺术思潮的影响。

米尼阿久尔茶食店是一座具有里程碑意义的建筑。欧洲新艺术运动建筑风格因世界大战而戛然而止。哈尔滨的新艺术运动建筑风格却并未停息发展的步伐，直至1926年。这座建筑是哈尔滨新艺术运动风格最后的建筑，也标志着世界新艺术运动建筑风格的结束。也可以说，这座建筑是新艺术运动建筑艺术风格的终结点。

中央大街57—59号，犹太国民银行旧址。曾为哈尔滨市人民银行外侨储蓄所，后为亚帝女士用品商店。建于1923年，二类保护建筑，文艺复兴建筑风格。居高临下的穹顶，坐落于弧形圆窗的女儿墙垛之上，两侧拱卫着中间呈方、圆形凿空的三角形山花。构思奇特巧妙，富于艺术感。弧拱形窄高窗与檐下支撑雕塑相呼应，突显立体感。

还记得熟悉的老哈尔滨中央大街妇女儿童用品商店吗？这就是中央大街63—69号的协和银行旧址。不同年代，有过不同的名字。曾为犹太人奥昆大楼，第十一百货商店。一类保护建筑。建于1917年，折衷主义建筑风格。建筑立面仿块石式砌筑，形成深凹缝隙，以增强建筑稳定感。扁平的穹顶装饰，与众不同。女儿墙富于变化。二层窗口采用爱奥尼亚壁柱支撑拱形券额。整体造型生动，体现了商业特点。

中央大街89号，哈尔滨远近闻名的马迭尔宾馆。曾为哈尔滨旅社（哈尔滨市政府招待所）。一类保护建筑。1913年落成，1931年首次扩建。"马迭尔"，俄语译音，意为"摩登的"。新艺术运动建筑风格。"现代""摩登"是一些国家对新艺术运动建筑风格的称谓。这座哈尔滨著名建筑，汇集了许多老哈尔滨故事。复杂的平面布局，三个沿街立面，曲线自由流畅，富丽堂皇，典雅细腻。窗、阳台、女儿墙及穹顶，均体现出新艺术运动建筑风格的特征。多种形态变化的窗，提神之笔的出挑阳台，极具艺术魅力。多姿的女儿墙，采用柔软、灵活的造型，气势与动态结合，仿佛有了生命力。

或许有人要问：新艺术运动建筑风格的马迭尔宾馆似乎不如路斜对面巴洛克建筑风格的原松浦洋行"艺术"。从这两种建筑艺术风格的理念会得出答案：新艺术运动建筑风格的理念是"反传统""简单""简洁""模仿自然繁茂的植物形状"；巴洛克建筑艺术风格的理念则是"创新""动感""华丽"。

中央大街88—92号，伊格莱维仟商店旧址。二类保护建筑，建于1921年，折衷主义建筑风格。主入口上部两侧高大的爱奥尼亚柱，与顶部的三角形山花呈现古典式的典雅。檐口出挑大，阳台宽大突出，铁艺栏杆花饰精美。不同形状的窗及窗檐装饰，生动活泼。

尽人皆知的精品商厦——中央大街104号，边特兄弟商会旧址，原为阿基谢耶夫洋行，伏尔加·贝尔加银行。三类保护建筑。建于1930年。建筑立面曾经改造，原建筑具有新艺术运动、巴洛克建筑风格元素，改造后为折衷主义建筑风格。外墙采用半圆形科林斯壁柱，形成竖向分割线条。上下两层为圆角方窗。顶部采用新艺术运动风格设计手法。转角顶部有人物雕塑。

也许，还记得秋林洋行道里分行吧？那是中央大街107号，萨姆索诺维奇大楼旧址。建于1910年前。1915年起为人们熟知的秋林洋行道里分行。一类保护建筑，新艺术运动建筑风格。强调装饰、构图、质感。各层间以腰线分割，自下而上窗口逐渐缩小。建筑造型精致、柔和，几何特征突出。

中央大街109—115号，远东银行旧址。曾是拉比诺维奇大楼。现为中央大街邮局、秋林格瓦斯百年文化馆。二类保护建筑。建于1919年，折衷主义建筑风格。建筑平面呈L型，二、三层设有通体爱奥尼亚式半圆壁柱，建筑由此显得高大精美。顶部的檐口出挑深远，转角处上部圆形穹顶与花瓶式女儿墙、实体女儿墙以及三角形山花墙垛组成，新颖大方。建筑整体既古典，又华丽，端庄典雅。

中央大街120号，松浦洋行旧址。曾为外文书店，教育书店。现为松浦1918西餐厅。落成于1918年，一类保护建筑。是哈尔滨巴洛克建筑艺术风格的杰出代表。

这是哈尔滨最华丽的建筑，也是巴洛克风格建筑的精品。入口处上方两位希腊神话中的擎天之神雕像，撑托着圆弧形阳台。男神阿特拉斯，女神加里亚契德，体现了巴洛克建筑"让神话里的诸神走出画廊站在这个人造天堂的大道上，凝练为石头"的艺术特征。多种柱式、曲线繁复的植物涡卷，强调了形体的光影变化。驻足观望，会发现随阳光的变化，光影无时无刻不在移动。精致的高浮雕和转角处上部的盔型穹顶，造型优美挺拔，组成了"凝固的乐章"。壁柱下方兽首雕塑巧妙地替代，又显灵动。与"畸形的珍珠"巴洛克本意相去甚远的是，这座建筑充分体现了"创新、动感、华丽"的巴洛克建筑艺术风格特征。夜晚，迷人炫彩灯光下的"松浦洋行"更加楚楚动人，别有韵味。

中央大街117—121号，"戈洛布斯"（地球仪）犹太电影院旧址。曾为万国制药公司总批发部，香港啄木鸟服饰。现为秋林里道斯、周大生珠宝。建于1935年，三类保护建筑，文艺复兴建筑风格。檐口下是流畅的花饰纹样。主入口设在转角处，顶部风格不同的两个女儿墙与间隔的墙垛，形成独特的艺术图案。上部设铁艺栏杆阳台。建筑轮廓清晰，美观流畅。

中央大街128—132号，万国洋行旧址。曾为黑龙江省机电设备公司门市部，现为塔道斯西餐厅。建于1922年，二类保护建筑，文艺复兴建筑风格。其独特性在于建筑为凹进式院落。以腰线划分上下层。檐口为古典式栏杆，屋顶冠以方座穹顶。外墙装饰简洁，线条流畅。

中央大街129号，原太人别尔科维奇大楼。建于1907年，1915年和1920年分别扩建。二类保护建筑，折衷主义建筑风格。

中央大街187—189号，道里秋林公司旧址。曾为哈尔滨江沿小学校。建于1914年（一说1910年），二类保护建筑，文艺复兴建筑风格。首层以连续的腰线分割。墙面采用仿块石砌筑。二层成对方额高窗，窗口上有石膏花饰，与一层大玻璃窗相对应。檐上做间断的女儿墙，上面饰以巴洛克式浮雕。建筑顶部转角突出，屋顶轮廓富于变化。檐口下有精美的装饰造型。

哈尔滨防洪胜利纪念塔，位于中央大街北端松花江畔。建成于1958年10月，为纪念1957年哈尔滨市人们战胜特大洪水、修筑永久性江堤而建造，是哈尔滨市的重要标志性景观。塔高（一说22.5米），顶部有工农兵和知识分子组成的抗洪英雄雕像，下部是24位抗洪英雄雕像，记载了抗洪斗争的经典场景。20根高7米的科林斯柱组成半圆形罗马式环廊，庄重、挺拔、典雅、浪漫。塔基标注着几组高程，分别是1932年、1957年、1998年哈尔滨特大洪水的水位。一级保护地块，古典主义建筑风格。

以上只是中央大街一、二、三类保护建筑，约占中央大街欧式建筑的一半多一点。实际上，中央大街正街加上各条辅街，共有70多座欧式建筑。

中央大街由欧式建筑形成的独特异域风景，融成的氛围，构成了迷人的欧陆风情。如同一面历史的铜镜，映照着久远的欧陆风情和哈尔滨的今昔。于是，这条大街也就有了温度，有了感情，有了诗意，有了意境。外地游客从中看到的是欧式建筑艺术的新奇和洋气；老哈尔滨人从中看到的是往昔和自己。

（原载2024年5月17日《哈尔滨日报 太阳岛》本文有删改）

圣·索菲亚的智慧

哈尔滨圣·索菲亚教堂，是外地游客来哈的打卡、拍照必选景点，缘于它是哈尔滨三大地标性建筑之一，又是"东方莫斯科"的标志。

给人留下深刻印象的，一定是洋里洋气的名字——"索菲亚"，洋里洋气的巍峨教堂建筑，洋里洋气且模样可爱的绿色穹顶"洋葱头"。

其实，圣·索菲亚教堂绿色穹顶那"聪明绝顶"的"大脑壳"里，装的不仅仅是这些"小知识"，还有深邃、久远的"大智慧"。

不禁要问：圣·索菲亚名字的含义是什么？什么是拜占庭建筑艺术风格？拜占庭圣·索菲亚大教堂经历了怎样的坎坷命运？为什么哈尔滨圣·索菲亚教堂是俄罗斯风格的拜占庭建筑艺术？

"索菲亚"，多么美的名字啊！欧派又典雅。殊不知，内涵更优美：古希腊"智慧"之意，也有人译为"神的智慧"。

有人问：美丽的哈尔滨，与时空遥远的欧洲中世纪有瓜葛吗？

答案是肯定的。有，那就是拜占庭建筑艺术风格。

哈尔滨圣·索菲亚教堂，巍峨高耸，富丽堂皇，典雅超俗，宏伟壮观。风姿绰约的外形，展示着异域建筑的丰姿，岿然屹立于宽敞的建筑艺术广场，成为一道绝妙的"西洋景"；主体全部为清水红砖结构，形体之复杂，砌工之细腻，堪称典范。以大小套叠的砖砌拱券构成母题，组成了丰富生动向上的总体；采用新颖的穹顶覆盖之下集中式与拱券结构相结合的建筑形式；教堂平面设计为东西向"拉丁十字"结构，扩大了内部空间；顶部巨大的"洋葱头"式穹顶，统领四个"小洋葱头"穹顶。这是俄罗斯风格拜占庭建筑艺术的标志。有的书中说"洋葱头"的来历，一是形似当时俄国士兵的头盔；二是雪后即净，适合北方。

圣·索菲亚教堂高53.35米，在当时的哈尔滨建筑中，可谓鹤立鸡群。占地面积721平方米，建筑面积960平方米，看似不大，却有宽敞的内部空间，据说内部可容纳2000人，这正是拜占庭建筑艺术的亮点之一。内部墙壁、天花板上和马赛克镶嵌画里，无处不在的宗教形象，烘托着浓厚的中世纪肃穆虔诚的宗教气氛。

这座建筑的前身，是一座木结构建筑。现在的砖混结构建筑是按照圣彼得堡基督复活教堂（"滴血教堂"，也称"喋血教堂"）的外观和规模，于1923年由尤利·彼得洛维奇·日丹诺夫负责设计和施工的（"滴血教堂"的建设蓝本，是莫斯科的圣瓦西里大教堂）。5年后，因日丹诺夫辞职，改由沃斯科尔科夫接替完成建设，前后历时9年。

1997年，哈尔滨市政府对圣·索菲亚教堂进行了保护性修复，将广场辟建为建筑艺术广场。

圣·索菲亚教堂是哈尔滨欧式建筑艺术风格中"辈分"最高的老建筑。回荡着拜占庭建筑艺术跨越时空、精美绝伦的足音，传递着欧洲中世纪的气息。如今，作为城市建筑艺术博物馆，展示着哈尔滨城市建设发展的风风雨雨，沿革变迁。

拜占庭建筑艺术风格，产生于欧洲中世纪初期的东罗马中心——拜占庭，距今已1000多年。君士坦丁大帝攻下欧亚连接点——拜占庭后，将其改为君士坦丁堡（今称伊斯坦布尔）。拜占庭建筑艺术起源于拜占庭帝国（东罗马帝国）于公元532—537年在拜占庭兴建的圣·索菲亚大教堂。圣·索菲亚大教堂在古罗马巴西利卡的基础上，融合了东方（主要是波斯、两河流域、叙利亚）等的建筑艺术特征，形成了新的风格，对后来的东欧建筑和伊斯兰教建筑有很大影响。

圣·索菲亚大教堂，世界上第一个，也是世界最大的东正教大教堂。这座查士丁尼一世执政时建设的东正教大教堂，有许多"荣誉称号"：拜占庭教堂建筑的鼻祖，拜占庭建筑艺术风格的杰出典范，拜占庭时期建筑的最高成就。其规模在世界教堂中曾首屈一指，仅中央大厅的面积就达5000多平方米。帕提侬神庙、万神庙、圣·索菲亚大教堂被誉为西方建筑史三大名作。

公元1453年，奥斯曼帝国苏丹穆罕默德二世率领20万大军攻占了君士坦丁堡，他下令将豪华的东罗马宫殿艺术珍品化为灰烬，将大教堂改为供奉真主安拉的土耳其清真寺，并在周围修建了四个高高的清真寺宣礼塔，这就是今天我们看到的圣·索菲亚大教堂的全貌。其后，奥斯曼土耳其帝国迁都君士坦丁堡，并将其更名为伊斯坦布尔。伊斯坦布尔，据说是希腊语"进城去"的土耳其音译。胜利后的奥斯曼大帝不但一脚迈进了城里，还一步跨入了欧洲。因为，伊斯坦布尔的一半，在欧洲地界上。

如今，圣·索菲亚大教堂属于基督徒和穆罕默德信徒共有的宗教博物馆。教堂里，墙上仍能看到当年拜占庭帝国的马赛克拼贴画呈现的圣经故事和人物，也能看到伊斯兰教的《古兰经》经文。圣·索菲亚大教堂1935年改为博物馆。1985年列入世界文化遗产。

为什么俄国人要在哈尔滨建拜占庭风格的圣·索菲亚教堂这座东正教堂呢？

中东铁路通车后，大批俄国人来到哈尔滨，于是，信奉东正教的俄国人便在哈尔滨建设了许多东正教堂，为不可或缺的宗教活动提供了方便。同时，也把拜占庭教堂建筑艺术带到了哈尔滨，只是带有浓郁的俄罗斯风味。

真可谓："东方莫斯科"，迷人故事多……

趣聊巴洛克

哈尔滨人飙外语，溜着呢。当然，主要是俄语。如"格瓦斯""里道斯""布拉吉""老巴夺"等。其实，飙得最溜的，却是一句葡萄牙语：巴洛克。只是人们很少知道这是哪国话，更不关心是什么意思。反正就是建筑呗。

巴洛克，葡萄牙语，畸形的珍珠。在拉丁语里，则是不规范、野蛮、荒谬、愚蠢、奇形怪状的意思。

怪了，这般歪瓜裂枣的建筑还能看吗？

巴洛克，是17世纪法国一些建筑师对新兴于意大利的一种建筑风格的蔑称。啧啧，蔑称！因为这种建筑风格一反古罗马建筑传统，呈现出随意性、非逻辑性和艺术夸张。在信奉古典主义风格的法国贬损者们看来，什么巴洛克，说穿了，就是故弄玄虚，铺张浪费，随心所欲，形式主义嘛。巴洛克领军人物，是著名的大建筑家、雕塑家、艺术家拉斐尔和米开朗琪罗。哈哈，还都是熟人。他们主张人文主义思想，秉持"为艺术而艺术"理念，创立了线条活泼，充满活力和动感，造型多变，颜色丰富，装饰华丽，讲求雕塑性、绘画性的巴洛克艺术风格，简称"新手法主义"。巴洛克建筑的代表作品为基督教世界最宏伟的建筑——梵蒂冈的圣彼得大教堂，还有罗马的西班牙阶梯广场、沉舟喷泉，佛罗伦萨的洛伦图书馆，威尼斯的叹息桥，罗马的圣卡罗教堂等，许多去过意大利的人都有深刻印象。你说意大利人也怪有意思的，仍倔强地使用巴洛克作为这种建筑风格的名字，还在赋予了其新的内涵——创新、动感、华丽，并用精美绝伦、绚烂辉煌的建筑成果为巴洛克一词"正名"。到了近代，人们不但接受了它，而且巴洛克已成为炫耀财富和地位的建筑符号。一个词，历经岁月浸染，先后改变了三次"成分"，也真够"巴洛克"的。

意大利巴洛克建筑，令人震撼。不惜血本"竞豪奢"，贴金粘银，独具特色的墙面设计繁复，内部装饰华丽辉煌，广场庞大精美的雕塑群，处处是艺术品和永不枯竭的灵感加创意——除了建筑艺术，许多其他艺术领域的精华也在其中。而中欧的巴洛克建筑风格，则古典因素偏多，浪漫气息稍少，"巴洛克"程度有所收敛，没有意大利那么夸张和"形式主义"。可以说，巴洛克是世界建筑史上最华丽又优美的艺术遗产。

那么，哈尔滨为什么要引入这种建筑风格呢？哈尔滨作为新兴城市，城市建设起步较晚，巴洛克的褒贬之争早已尘埃落定，甚至连对其最反感的法国，在凡尔赛宫的装饰上也大部分采用了巴洛克风格。巴洛克已不再是"畸形的珍珠"，而是建筑艺术华丽的瑰宝。哈尔滨兴起巴洛克风，大概是出于华丽优美、炫耀财富及地位考虑，也有创新创意、突出个性的因素吧？毕竟哈尔滨是当时国际重要的商贸城市。

哈尔滨巴洛克建筑最具代表性的是中央大街教育书店（原松浦洋行）。此外，道外区也有大量"洋为中用"、体现了巴洛克艺术理念和手法的"中华巴洛克"建筑。

从教育书店（原松浦洋行）可以看出，巴洛克建筑华丽、尊贵、优美，充满艺术感。墙面凹凸变化多样、生动，配以烦琐的雕饰，产生强烈的光影效果；折断的山花，自由曲线构成的涡卷，展现了装饰的铺排与恣意；科林斯柱，被"束之高阁"，成为墙上的壁柱，柱头、柱脚的雕饰却丝毫不差，精美纷繁，成为"形式主义"的装饰摆设，怎能不让那些视传统柱式为建筑精髓的古典传统捍卫者怒不可遏？门楣之上，分立两位希腊神话中的擎天之神：男神阿特拉斯，女神加里亚契德，体现了巴洛克艺术让"神话里的诸神走出画廊站在这个人造天堂的大道上，凝练为石头"的特征；两位擎天之神极具动感的不同姿势造型，如同舞蹈，栩栩如生。只是命途多舛，曾被捣毁，现为复制品。有趣的是，门上部由两个自由曲线构成的涡卷，对称地镶嵌在山花之上，如同两只眼睛在眺望。而且，在窗檐上、楼顶房檐和楼角处，还有多双"眼睛"，日夜遥望着远方。是对远隔万水千山那只"伸向地中海的靴子"——故乡意大利的望眼欲穿吗？

总之，哈尔滨缺少从主体、内外装饰到门前雕塑、花园广场的完整的巴洛克建筑，更多的是具有巴洛克风格的外部装饰，有些则是巴洛克元素的装饰，在体现华丽、豪奢、精巧、创意等方面，算是小品级别吧。但是，仅教育书店（原松浦洋行）就已经体现出新奇、变幻、动感、无处不巧思和无处不浮华的巴洛克建筑艺术思想。

建筑是凝固的音乐，音乐是流动的建筑。从巴洛克建筑又能聆听到什么样的巴洛克音乐呢？

巴洛克音乐代表为巴赫、亨德尔和维瓦尔第。哈尔滨没有恢宏又辉煌的巴洛克大教堂和豪华宫殿，所以不奢望巴赫的《马太受难曲》和亨德尔的《弥赛亚》那样的鸿篇巨制。可从耳熟能详的巴赫《勃兰登堡协奏曲》《G弦上的咏叹调》和维瓦尔第小提琴协奏曲《四季》中，去聆听、体验、感受，那更长、更扩展、更不对称的旋律，通奏低音持续提供的强有力的低音，激动、具有驱动性和活力的节奏，高贵小提琴的美艳和羽管键琴、管风琴的优美音色。有人说，巴赫的前奏曲、创意曲、组曲都是令人回味无穷的风情画，是抒情诗，是叙事歌，充满动人的内容。那轻若鸿毛的笔触，敏锐可爱的节奏和华丽风格中那种甜甜的哀愁之上，巴赫散发出一个有灵感的、凝神默想的抒情诗人的温馨。

可我觉得，这座建筑更适于体验维瓦尔第《春》里面的巴洛克旋律、"形式主义"的修饰之美和"如火如荼的艺术想象力"。

（原载2022年2月26日《哈尔滨日报 太阳岛》本文有删改）

防洪纪念塔的建筑风格

哈尔滨市人民防洪胜利纪念塔,是哈尔滨最精美、最持久的地标性建筑艺术精品。几十年来,作为哈尔滨的象征,为世所公认。

无论冬夏,每逢逛中央大街,都要踱至松花江畔防洪纪念塔下,欣赏一番,喜悦一番。几十年了,她是我眼里赏不够的美景,心中道不尽的亲情。

尤其喜欢在夏日傍晚赏塔。夕霞晚照,天色苍茫,绿草绵延,江波流光,远眺近观,美不胜收。顺光看,这件艺术品身披彩衣,金碧辉煌,高端大气,气势如虹;逆光看,高耸的塔身更加巍峨,环形廊柱舞姿袅娜,江天为幕,夕照映彩,防洪纪念塔如同一只振翅天鹅,又像巨大的高音谱号,矗立于天地之间由罗马柱环廊连成的乐谱上。

不过,也有困惑。就是对这件精美的建筑艺术品,远没有真正看懂。单单是何种建筑风格这么个"小问题",就"大大地"困惑了我好多年。直到近日,才在一本权威书籍上，看到了专家的解读：古典主义。

先从源头说起。17世纪法国路易十四王朝时期，法国文化再次风靡整个欧洲，"疯迷"到什么程度呢？许多欧洲国家上层社会甚至宫廷，都把头戴喷了粉的假发套、脚穿白丝袜，交际场合说法语、跳小步舞作为身份高贵的标志。此时的法国建筑，也形成了自己的艺术风格，历史上称之为"古典主义建筑"。

古典主义建筑风格强调理性和条理，将古典的罗马柱式、几何与比例发展到了极致，以此作为美的标准。而柱式象征着古罗马时代的帝王气概，整个基调也呈现出尊贵与典雅。条理性的对称式布局，轴线清晰，横三纵五的分段方式，强调墙体立面的主次关系等。著名的卢浮宫（东立面）是古典主义建筑的巅峰。另一个著名建筑凡尔赛宫整体上属于古典主义建筑风格。

不由得对防洪纪念塔又有了新的认知，并产生了新的崇拜。那些科林斯式罗马柱组成的环廊，中轴线上高高矗立的碑身，严谨对称的环廊，奇妙的几何组成，直线与弧线的搭配，远近呼应，高低唱和；雄伟、舒展、尊贵、典雅、大气、恢宏，好一座经典的古典主义建筑精品。也许很少有人注意到，碑身下到环廊之间的地面上，散射着道道银光。人们更关注的，是纪念塔在天地间放射的耀眼光芒。

建筑是凝固的音乐。那么。用什么音乐来与防洪纪念塔的古典主义建筑艺术风格相唱和呢？当然是欧洲古典主义音乐。古典主义音乐的特点是如歌的抒情旋律，自然的和声，规律的节奏与节拍，平衡与对称的乐句，以及常使用的民间音乐元素。从海顿、莫扎特、贝多芬（被誉为"维也纳三杰"）三大音乐巨匠的音乐中，随处可以领略古典主义音乐的经典之声，尤其贝多芬的《英雄交响曲》与防洪纪念塔形式与内容更为贴切，可互为诠释。

《英雄交响曲》初题名为《拿破仑·波拿巴大交响典》，是贝多芬准备题献他崇拜的英雄拿破仑的。当他得知，拿破仑窃取了法国大革命的成果，登基称帝后，怒不可遏，愤怒地将总谱封面拿破仑的名字用笔画去，改为《英雄交响曲——为纪念一位伟大人物而作》。

为什么说《英雄交响曲》与防洪纪念塔从形式到内容更加贴切呢？

有音乐学家说，贝多芬的真正理想是英雄主义，故而他的音乐才是真正的英雄主义。《英雄交响曲》塑造的英雄足以和古希腊史诗中的英雄相媲美，写出了英雄主义的精神。

《英雄交响曲》是贝多芬成为伟大音乐家的发端，也是古典主义音乐的高峰。同时，又是浪漫主义音乐的宣言，宣告了浪漫主义音乐时代的来临。《英雄交响曲》浓厚的大自然哲学气息，打破了古典主义对情感表现的严酷束缚，表现了关于"死亡"的主题，写出了乡土平民而非精英的英雄主义。

哈尔滨防洪纪念塔是纪念哈尔滨人民在党的领导下

取得抗洪斗争胜利和歌颂英雄主义精神的纪念碑。不仅是1957年全市人民战胜特大洪水的丰碑，又是1998年哈市迎战特大洪水的精神支柱。在洪水面前，奏响了哈尔滨人民惊天地、泣鬼神的《英雄交响曲》。

哈尔滨是一座英雄的城市。十四年艰苦卓绝的英勇抗战，无数先烈抛头颅，洒热血，献出了年轻的生命。李兆麟、杨靖宇、赵尚志、赵一曼……那些以英雄名字命名的街路、公园和英雄纪念碑，让今天过着幸福生活的人们勿忘国耻，铭记先烈，珍惜幸福。

解放战争中，第四野战军从哈尔滨的双城堡踏上解放全中国的征程。辽沈战役、平津战役、衡宝战役、广西战役、解放海南岛等，一路凯歌。由10多万官兵在哈尔滨组建的四野，成为入关时的百万雄师，多少哈尔滨的子弟为了新中国，投身这场开天辟地的千秋伟业，不惜流血牺牲，立下不朽战功。

伟大的抗美援朝战争，多少哈尔滨子弟献出了生命和热血。著名的松骨峰战役中幸存的"活烈士"李玉安，就是哈尔滨市巴彦县兴隆镇人。其英雄事迹，可歌可泣。而无数李玉安一样的老英雄们几十年隐姓埋名，一生低调，不向国家索取分毫，其英雄精神和高尚境界，令人震撼。

从这个角度看，防洪纪念塔更应当被理解为是一座碑，不仅是纪念取得抗洪斗争胜利的英雄人民，而且是纪念哈尔滨市作为一座英雄城市所具有的精神和文化内涵，即贯穿始终的英雄主义精神，是一座真正意义上的英雄主义精神的纪念碑。不知您能否从防洪纪念塔看出"高贵的单纯与静穆的伟大"的古典主义艺术理想精髓？

按照贝多芬《英雄交响曲》在音乐史上的地位，沿着浪漫主义音乐特征赏析，哈尔滨防洪纪念塔巍然矗立于松花江畔大自然的天地之间，张开双臂仿佛将人们赞赏的目光和满怀的激情尽揽于怀；不朽的先贤和英烈精神时刻激励着后世的人们；塔身生动鲜活的抗洪英雄塑像和塔顶端工农兵知识分子的巍峨雕塑，代表了无数平民英雄的高大形象。哈尔滨大气、洋气、豪气和浪漫、包容的精神内涵，都凝聚在防洪纪念塔上，这是哈尔滨的精神图腾。

防洪纪念塔，谁能说你仅仅是为了纪念防洪胜利的建筑呢？谁能说你仅仅是古典主义的建筑呢？你又是我心中神圣的古典主义和浪漫主义交响，在天地之间，演绎着哈尔滨人民英雄和浪漫的情怀。

（原载2022年7月6日《新晚报　紫丁香》　本文有删改）

艺术"杂糅"与折衷主义建筑

若问哈尔滨哪种欧式风格建筑最多，答案一定是折衷主义。

在哈尔滨市一、二、三类保护建筑中，折衷主义风格建筑占欧式建筑近半。

折衷主义（英文意为"多源选取"）是19世纪下半叶到20世纪初盛行于欧美并产生影响的建筑思潮。折衷主义风格建筑"许多形式和细部来自过去的风格或建筑""不止一种过去的风格被运用到同一幢建筑中"。简单地说，就是广泛借鉴各种艺术风格，为我所用。折衷主义风格不追求固定的表达形式，可以将任何表现主义的物体自由排列、组合在一起。它是一种不受拘束的多元化风格，通俗来说就是"混搭""杂糅"，不统一风格。

折衷主义的发展和兴盛正是现代建筑酝酿和探索的时期，新建筑类型、新材料和新技术不断涌现，但新的审美观念并没有建立，传统形式仍然具有强大的惰性和历史惯性。在这种历史背景下，许多建筑师把创造新建筑的希望寄托在折衷主义身上，企图通过各种历史风格的组合达到创造新建筑形式的目的。这就导致了集仿式折衷主义的产生。

折衷主义风格虽然看似随意且不讲求章法，但它并不是真的胡拼乱凑，而是将其他风格最精华、最宝贵的部分用来排列重组，其目的在于实现美感。所以折衷主义风格是在混中有序、不统一、不破坏美的情况下诞生的，它的终极目的是达到视觉上的和谐与平衡。最形象的解释就是折衷主义建筑风格不是"残羹剩饭"的"折箩"，而是精品的"拼盘"。由此看来，"多源选取"似乎不如"多源萃取"来得确切。

折衷主义越过古典主义与浪漫主义在建筑创作中的局限性，任意选择与模仿历史上各种建筑风格，把它们自由组合成各种建筑形式。在19世纪中叶以法国最为典型，巴黎高等艺术学院是当时传播折衷主义艺术和建筑的中心。而在19世纪末和20世纪初期，则以美国最为突出。著名的折衷主义建筑有：法国巴黎歌剧院、巴黎圣心教堂、意大利罗马伊曼纽尔二世纪念碑，以及美国华盛顿特区的许多建筑。

被公认为世界最美和最豪华的法国巴黎歌剧院，是法国折衷主义建筑的代表作。集古希腊、古罗马以及意大利文艺复兴时期风格之大成。其立面构图以卢浮宫东廊为骨架，体现了古典主义建筑条理清晰、逻辑明确的特征。同时，建筑细部处处可见洛可可式烦琐的装饰。屋脊轮廓线极其丰富，充满了精雕细琢的饰物、雕塑和巴洛克山花。观众厅的屋顶更像一尊富丽堂皇的皇冠。剧场内部装饰更是千姿百态，金碧辉煌。精美艺术品琳琅满目，融合了巴洛克风和洛可可风，代表了法国这一时期建筑文化特色。而最具争议的是美国国会大厦。有的书中将其列为折衷主义建筑风格。其理由是在这座建筑中，能看到十分鲜明的希腊庙宇、古典主义双柱、罗马柱式和穹顶等风格元素。

作为新兴城市的哈尔滨，建城初期恰值欧洲折衷主义建筑风格兴盛时期，于是，这股潮流成为哈尔滨欧式建筑的主流风格。

原哈尔滨建筑工程学院建筑系主任常怀生教授在《哈尔滨建筑艺术》一书中做了分析："哈尔滨建筑是在脱序状态中发展的，各种建筑形式的出现既没有像欧洲那样明显的先后顺序，各种建筑风格又不十分严谨，常常是相互渗透，相互补充，表现出博采众长的折衷主义面貌。哈尔滨建筑中折衷主义作品比重很大，甚至在新艺术运动建筑中也不难找到折衷主义的成分""其实相当多的建筑物是折衷主义手法的产物"。

哈尔滨的折衷主义风格的代表建筑：秋林公司、华梅西餐厅等；文艺复兴风格为主的折衷主义建筑：黑龙江省人民政府参事室、原中共哈尔滨市委院内办公楼、兆麟小学校等；浪漫主义风格为主的折衷主义建筑：哈尔滨第十三职业高中等；古典主义风格为主的折衷主义建筑：黑龙江省人民政府外事办公室、哈尔滨市科学宫等；新艺术运动风格为主的折衷主义建筑：哈尔滨中央大街精品大厦（原阿基谢耶夫洋行）等；俄罗斯风情的折衷主义建筑：哈尔滨铁路车辆厂文化宫等。

哈尔滨的一些欧式建筑，其艺术风格比较难以辨识，专家的说法也不尽一致，这是因为建筑中体现的艺术元素和手法或多或少特征不是十分明显。于是，折衷主义建筑风格成为了这类风格命名的合理根据。

欣赏哈尔滨欧式建筑中的折衷主义风格建筑，是一项十分费神并有趣的事情，需反复推敲，认真思考，在风格中分辨"风格"，寻找构成"多源"的风格源头，欣赏那些构成元素，重温掌握的欧洲建筑学知识，把建筑艺术欣赏深入到更深层次，也会得到更多的知识和乐趣，岂不妙哉？

由于折衷主义用新技术来表现旧形式或者用旧形式来包裹现代功能，必然带来现代功能、技术与传统遗产之间的矛盾。折衷主义不仅受到现代建筑运动先驱者们的猛烈攻击，还面对来自更广泛的社会文化领域的质疑与批判，也使这一运动没有持续多长时间，也没有引起太大的反响。1836年，法国诗人、剧作家、小说家缪塞说过这样一段耐人寻味的话："我们这个世纪没有自己的形式，我们既没有把我们这个时代的印记留在我们的住宅上，也没有留在我们的花园里……我们拥有除我们自己的世纪以外的一切世纪的东西。"

也许发起折衷主义建筑风格的欧美等国家没有想到，这种持续不久且饱受争议的建筑风格，却在遥远的哈尔滨，成为哈尔滨欧式建筑的主流。

摩登时代

看到题目，人们会想起卓别林风靡一时的电影《摩登时代》，它讽刺西方大工业社会表面的光鲜，揭露资本主义的丑恶嘴脸。

本文要聊的，不是电影，而是哈尔滨新艺术运动风格建筑。

哈尔滨的欧式建筑，根据专家的观点，属无序性建造的，没有"总谱"。但又好像是根据追溯式思维建设的。从哈尔滨欧式建筑上，人们可欣赏到欧洲几乎各个时期的建筑艺术风格。比如，哈尔滨的圣·索菲亚教堂，其"先祖"是土耳其伊斯坦布尔的圣·索菲亚大教堂，其风格为欧洲中世纪的拜占庭建筑艺术风格；哈尔滨基督教会（原德国路德会教堂），其"祖辈"是中世纪时期建成的法国巴黎圣母院。还有，文艺复兴风格、巴洛克风格、古典主义风格，等等。

那么，哈尔滨有没有与欧洲艺术风格同步的建筑呢？

有啊！新艺术运动！

新艺术运动是19世纪末流行至1914年第一次世界大战爆发，欧洲兴起的由工业设计领域蔓延到建筑领域的先锋派建筑风格，是以装饰为重点和主要特点的浪漫主义建筑艺术。新艺术运动的产生，既有启蒙运动美学思想的影响，即提倡张扬艺术个性，反抗僵化的学院派和古典主义教条，也有欧洲工业革命带来的新技术、新材料、新产品的因素，还有英国的"工艺美术运动"前奏，更有对传统建筑"过分堆砌装饰"的反叛和对此前流行的折衷主义建筑风格的不满。新艺术运动建筑自由的组合，颜色的多姿多彩，突破传统束缚，自由奔放，创意无限，造就了一大批欧洲新锐建筑师，为后来建筑走向现代化奠定了基础。

新艺术运动是在英国"工艺美术运动"的基础上发展而来的，发源地却是法国和比利时。最早出现在法国的一家画廊——"新艺术之家"，后来历史学家取"新艺术"来为这场影响欧洲命运的运动命名。艺术家、设计师们热衷于在新材料、新结构的应用中探索艺术新形式，提倡向大自然学习，运用大量植物作为造型和曲线的灵感来源，摒弃任何历史上的建筑元素。新艺术运动真正开始将建筑的发展从古典传统中剥离出来，从此，与传统建筑艺术风格分道扬镳。

新艺术运动不仅仅在建筑领域，还体现在公共设施、平面设计、家具设计和室内装饰领域。

1900年在巴黎举办的世博会，"新艺术之家"展出了家具作品，从此，"新艺术"的名字不胫而走，很快风靡世界。法国新艺术运动建筑代表作品为巴黎地铁站出入口、巴黎埃菲尔铁塔、巴黎贝朗榭公寓等。比利时也是欧洲新艺术运动的摇篮，藤蔓与鞭状曲线图案成为新艺术运动风格的标志，就是出自比利时。

有人感觉，新艺术运动风格建筑"不那么艺术"。其实，这正是新艺术运动建筑风格的精髓，你听听奥地利建筑师阿道夫·路斯斩钉截铁的观点："装饰即罪恶"！正是这些"反潮流"的激进思想，才开启了千百年来建筑艺术从崇高的教堂"降落"人世间之旅，从此，建筑为平民所用。

哈尔滨建城之初，正值欧洲新艺术运动风格建筑轰轰烈烈，风生水起，哈尔滨也赶上了这波"时髦"，与欧洲新艺术运动此呼彼应，此起彼伏，建造了一大批新艺术运动风格的建筑，留下了跃上时代潮头的一段值得铭记的城市历史。当年，许多人没去过巴黎，但在"东方小巴黎"仍可欣赏到新潮的新艺术运动风格建筑：下了火车，老哈尔滨火车站即是。刘静严在《滨江尘嚣录》一书中说，当年的哈尔滨叫"小巴黎"或"东方巴黎"。

哈尔滨为什么会登上新艺术运动的"班列"呢？因为作为20世纪初铁路附属性质的城市，哈尔滨早期规划中具有明显的功能分区，并偏重于铁路建设。早期城市建设与铁路密切相关，如铁路车站、铁路管理局、铁路俱乐部、铁路技术学校、铁路官员及职工宿舍等，唯有东正教堂是拜占庭建筑风格，其余多为新艺术运动风格和俄罗斯风格。

因为俄国在新艺术运动中也不甘落后。据《"新艺术"建筑解析》（梁玮男著，华中科技大学出版社2009年出版）记载，哈尔滨新艺术运动建筑共有29座。最早的新艺术运动风格建筑是建于1899年位于香坊的气象站（位于香坊公园，已毁）。著名的建筑有老哈尔滨火车站、马迭尔宾馆、黑龙江省博物馆、中央大街原米尼阿久尔茶食店等。哈尔滨在世界新艺术运动建筑数量方面，排在法国巴黎、南锡之后，列为世界前三名。

新艺术运动建筑风格很有意思，每个国家都有自己的称谓。新艺术运动在好多国家还有自己的"小名"：法国叫作"现代风格"；比利时新艺术运动自称为"先锋派运动""自由美学"；德国新艺术运动是以"青年风格"来称谓的；奥地利新艺术运动的设计师组成团体"奥地利美术协会"，自称"分离派"；意大利称作"花卉风格""自由风格"；西班牙称作"年轻风格"；也有的国家称为"现代艺术"，也有的称作"新"。有一种观点，称作"摩登"，即现代、时尚、时髦之意。马迭尔一词，是俄语"摩登"的意思。这一点马迭尔的老主人卡斯普早就给我们做了科普。由此看来，哈尔滨新艺术运动风格建筑，既体现了"东方小巴黎"，又有关"东方莫斯科"。

欧洲的新艺术运动，始于1889年左右，止于1914年的第一次世界大战。哈尔滨新艺术运动建筑，最早建于1899年，几乎与欧洲同步。最晚的中央大街原米尼阿久尔茶食店建于1926年，新艺术运动建筑在哈尔滨的时间长达近30年，比欧洲延长了十几年。有人总结说，新艺术运动发轫于欧洲，结束于哈尔滨。也有人说，哈尔滨原米尼阿久尔茶食店是世界新艺术运动的句号。

从这个角度看，哈尔滨建城初期，不就是一个现代的、时尚的、时髦的"摩登时代"吗？

"建筑是凝固的音乐"

在哈尔滨，流传着一句欧洲名言："建筑是凝固的音乐"。经典中的经典。

这句话是谁最早说出的？又是什么意思呢？

究竟是谁最早说出的，就是在欧洲也莫衷一是。德国大文豪歌德、哲学家黑格尔和谢林、音乐家贝多芬都曾说过，总之，应该是德国人说的。因为这几位名人都生活在欧洲古典主义时期，都懂建筑和音乐。在歌德晚年的回忆录里，在黑格尔的文章中，皆有"建筑是凝固的音乐"的记载；而更多学者认为是德国哲学家谢林最早说的，还写入了他的哲学著作《艺术哲学》。

"建筑是凝固的音乐"，通常被解释为建筑和音乐具有共同的和谐之美、严格的数学比例关系等。从这个角度阐释这句话的文章，比比皆是。

倘从欧洲建筑史和音乐史角度解析，似乎更具有说服力。

欧洲音乐史最早自中世纪格列高利圣咏（圣歌）始（以前的民间音乐因没有乐谱记录，已经失传）。公元6世纪末，时为罗马教皇的格列高利一世，为统一各地的教会仪式，令人搜集、整理了三千首教堂音乐，史称格列高利圣咏，是最早有乐谱（四线谱、五线谱的前身）记载的音乐。由于当时不允许女性参加演唱，故为童声无伴奏齐唱歌曲。歌词多取自《圣经》，主要用于宗教仪式上为祷告者和仪式活动营造气氛。

欧洲建筑史开启的时间要早得多。一般从古希腊、古罗马开始。进入中世纪，才开始了基督教教堂建筑史。所以，要说明"建筑是凝固的音乐"，也须从中世纪开始。

中世纪的建筑，早期的代表性教堂为拜占庭风格的圣·索菲亚大教堂。中期的代表性教堂是哥特式的法国巴黎圣母院，此外还有德国科隆大教堂、意大利的米兰大教堂等。

中世纪建筑、音乐的共同点：都是让人的灵魂竭尽全力接近上帝。法国巴黎圣母院高耸而轻盈的尖顶、尖塔和尖拱、尖券等，与唱诗班无伴奏静穆、超脱、纯净、直上云霄的歌声，无不体现着一种仪式感和飞升感，令人震撼，感到自己的渺小。建筑和音乐是一种虔诚的两种方式。

巴洛克时期，欧洲的建筑、音乐可谓兴盛。巴洛克风格建筑作为罗马天主教廷权力与威望最有效的视觉载体，有着纯粹的比例、华丽的装饰，强调"创新、动感、华丽"，喜欢营造幻觉，建筑、绘画、雕塑互相渗透，融合在一起。巴洛克音乐诞生了巴赫、亨德尔、维瓦尔第三大杰出代表。

巴洛克音乐充满动态和活力，致力于探索各种素材来拓展颜色、细节、装饰、深度和明暗对比的喜剧效果。

与"建筑是凝固的音乐"完全吻合的，是欧洲古典主义时期的建筑和音乐特征。"建筑是凝固的音乐"，应主要指这一时期的建筑与音乐。

古典主义讲求理性、清晰和稳定。主张用庄重、严谨、有序的艺术风格表现纪念性的形象。

古典主义建筑风格恪守古罗马的古典规范，以古典格式为构图基础，建筑平面造型强调主从关系，突出轴线，讲究对称，提倡富于统一性与稳定性的横三或纵五的立面结构形式。常用半圆形穹顶统率建筑物，使之成为中心。注重比例，追求端庄雄伟、庄严典雅的建筑外观和豪华的内部装饰效果。代表建筑为法国巴黎卢浮宫东立面和凡尔赛宫（内部装饰为巴洛克和洛可可风格）。

古典主义音乐通常是指从1750年巴赫逝世到1827年贝多芬逝世这一时期，海顿、莫扎特、贝多芬为代表的古典乐派，以丰富的创作手法，强烈的表现力，创造了古典主义音乐的艺术巅峰，使之成为世界音乐史上一座不朽的丰碑。古典主义音乐具体艺术特征，是具有宁静的优雅、高贵的单纯，凭借高度的形式美达到理想的目标，并保持纯粹的美感、清新、秩序、对称和平衡。和声简单清晰，音调轻盈、自然，合乎逻辑，可以预示的东西较少，旋律优美迷人。古典主义音乐也被称为绝对音乐或纯音乐。其经典至今仍广为流传，长盛不衰。我们从圣丹尼教堂、卢浮宫东立面、凡尔赛宫的外观上，可以领悟古典主义音乐特征，也可以从莫扎特音乐中感悟到古典主义建筑的精髓。

浪漫主义是18世纪中期到19世纪下半叶在欧洲流行的一种文艺思潮。浪漫主义崇尚自然天性，追求个性自由，反对在资本主义制度下用机器生产工艺品，主张用中世纪的自然艺术形式来与古典主义相抗衡。艺术形式自由奔放，复古夸张。

只不过，浪漫主义建筑与音乐在"建筑是凝固的音乐"方面，已经开始分道扬镳了。

浪漫主义建筑艺术风格，还有一个"小名"：哥特复兴，这道出了其中奥秘。否认古典主义传统，认为哥特式是自然的和流动的，允许工匠们有表达个性的机会。只有在哥特式建筑中，才能清晰、完美地表达和贯彻"建筑的本质来自结构的理性和对材料本质属性的真实"这一建筑原则。这一风格的经典建筑为英国伦敦的国会大厦等。

浪漫主义时期的音乐创造了辉煌。彼时涌现出大批杰出音乐人才，留下了大量经典作品，音乐形式和水平得到了极大丰富和提升，浪漫主义与古典主义一样，至今仍引领着古典音乐潮流。浪漫主义音乐的特点，强调自由地表达主观情感，多元化的主张开阔了人们的视野，民族性特征更加突出，表达了人类生活的所有体验。热衷于想象领域，如潜意识、非理性及梦幻的世界。浪漫主义音乐在音色、力度与音域的范围上比古典主义更广，和声范围更宽，更强调丰富、不稳定的和弦。

后来的象征主义、印象派等，虽然也有一些杰出的建筑和音乐作品，但已经不再成为一个时代的特征。

"拧巴"中前行的建筑艺术风格

哈尔滨被誉为"建筑艺术博物馆",是因为欧洲多种主要艺术风格的建筑,在这座百多年历史的城市,都有"示范展品",可谓渊源久远,经典荟萃。

为什么会有这么多种欧式艺术风格的建筑呢?

哈尔滨建城之初,是一座国际性商贸城市,各国来哈很多寻求发展、定居者人数几乎与本地人持平,商贸的繁荣带来建筑的繁荣,为彰显个性,各种欧式建筑艺术风格应运而生。拜占庭、哥特式、文艺复兴、巴洛克、古典主义等欧洲艺术风格建筑在哈尔滨"低头不见抬头见",司空见惯。

那么,哈尔滨欧式建筑风格之间是什么关系呢?这是一个有趣的问题。实际上是欧洲建筑发展史上的一种现象。从西方建筑史来看,在一定意义上,是逆反,否定。而从"民间"角度理解,就是两个字:"拧巴",这是北京话,"不对付,对立"之意。用哈尔滨话说,就是"对着干"!

拜占庭建筑艺术风格,产生于欧洲中世纪初期的东罗马中心——拜占庭。君士坦丁大帝攻下欧亚连接点——拜占庭后,将其改为君士坦丁堡,但此后的建筑风格却沿用了拜占庭之名。拜占庭(今称伊斯坦布尔)圣·索菲亚大教堂,闻名世界,标志着拜占庭建筑风格诞生,也是东罗马帝国权威的象征。哈尔滨拜占庭风格建筑的代表作是位于道里的圣·索菲亚教堂。拜占庭建筑风格与之前古希腊、古罗马建筑风格是什么关系呢?"拧巴"。一反"光辉的希腊,伟大的罗马"传统理想主义、英雄主义和"酒神精神"文明,代之以皇权教廷的专制。其教堂特点是希腊十字结构,巨大的圆形穹顶。神庙、角斗场被东正教堂取代,开启了漫长的中世纪暨教堂建筑的发展史。

始于中世纪中后期的西欧哥特式建筑,在与古希腊、古罗马建筑风格"拧巴"的同时,对拜占庭建筑也"拧巴"。完全呈现出超乎寻常的宗教地位和对上帝的崇拜。法国巴黎圣母院、德国科隆大教堂、意大利米兰大教堂等直指云天的哥特式教堂的尖顶,需仰视才可见的拱券,靠长长飞扶壁支撑的高墙厚壁,以及拉丁十字的结构,形成独特的哥特式建筑风格。对比哈尔滨基督教会(哥特式建筑)和圣·索菲亚教堂(拜占庭风格建筑),即可见微知著,尽情想象法国巴黎圣母院等大教堂与伊斯坦布尔的圣·索菲亚大教堂之间的"拧巴"故事。

中世纪宗教统治衰落后,文艺复兴运动席卷欧洲。新兴资产阶级以人文主义为武器,向教权发起挑战。而在建筑方面，出现了与拜占庭、哥特式完全"拧巴"的文艺复兴建筑风格，意大利佛罗伦萨大教堂（圣母百花大教堂）巨大的穹顶，占据了曾经高入云天的哥特式教堂尖顶位置，这是以建筑艺术为手段向教会专制"叫板"，也可以说是造反。一批文艺复兴风格的建筑迅速崛起。

在南岗博物馆东南侧的哈尔滨市少年宫（原梅耶洛维奇大楼），可以欣赏这座文艺复兴艺术风格的建筑，遥想意大利佛罗伦萨大教堂，是怎样同中世纪拜占庭、哥特式建筑"拧巴"的，就会知道身边的哈尔滨市少年宫与道里圣·索菲亚教堂及更近处的哈尔滨基督教会之间的关系。

欧洲如火如荼的文艺复兴运动，一段时间之后，便在宗教势力反扑下沉寂了，这种风格的建筑也如昙花一现，很快枯萎。教廷至尊的意大利和以皇室为上的法国，在建筑风格上，不但同文艺复兴时期建筑风格完全"拧巴"，相互之间也"拧巴"了起来，出现了以意大利为中心的巴洛克建筑风格和以法国为中心的古典主义建筑风格。他们之间"拧巴"的焦点，是承袭古典还是创新。巴洛克这个词，就是法国古典主义建筑师们对意大利新兴建筑风格不屑的蔑称——"畸形的珍珠"之意。他们的代表作分别是梵蒂冈圣彼得大教堂（巴洛克风格建筑）和法国卢浮宫（东立面）及枫丹白露宫（古典主义风格建筑）。

在哈尔滨的老建筑中，巴洛克建筑风格的中央大街教育书店（原松浦洋行）和古典主义风格的东北烈士纪念馆（原东省特别区区立图书馆），分别是最具代表性的建筑，充分体现了巴洛克和古典主义建筑风格的基本特征和思想，也最具观赏性。在欣赏这两种建筑风格同"前辈""拧巴"和相互之间"拧巴"的同时，别忘了认真欣赏这两种建筑的艺术特色，古典与浪漫，一刚一柔，甚至是否可以想象为魁伟猛男和窈窕淑女呢？

17至18世纪，欧洲相继爆发了资产阶级革命和工业革命，由封建社会步入了资本主义社会，君主立宪制替代了宗教权力和皇权，那么，建筑当然不能沿袭旧制，新的建筑风格呼之欲出，但前提是一定要与以前的建筑风格相"拧巴"。由于各国情况不同，加上相互之间"拧巴"，独认自己的风格好，于是，出现了建筑风格的乱象，大致分为以法国为中心的新古典主义（古典复兴），以英国为中心的浪漫主义（哥特复兴）和以欧美为中心的折衷主义。

法国的新古典主义（古典复兴）和法国古典主义不是一回事，是"拧巴"的。他们认为老祖宗的古希腊、古罗马已经非常完美了，而法国波旁王朝统治时提倡的古典主义则是多此一举，根本代表不了古罗马的真实面貌。因此，主张罗马复兴和希腊复兴，追寻原汁原味的古典风格。代表作品是法国巴黎先贤祠（罗马复兴风格建筑）和玛德琳教堂（希腊复兴风格建筑）。

以英国为中心的浪漫主义（哥特复兴）则另有一番景象。大资产阶级取代皇帝，成为国家的统治者，小资产阶级却被遗弃。于是，他们中出现了乌托邦主义者，痛恨机器社会对人的压榨，逃避现实，向往回到中世纪自由的田园生活，建立一个没有压迫和剥削的和谐社会。浪漫主义（哥特复兴）建筑的特点是中世纪寨堡风格和对哥特式教堂的模仿，其代表建筑是英国曼彻斯特市政厅。哈尔滨浪漫主义风格建筑的代表是和平邨1号楼（贵宾楼）。

复兴似乎是共识，但由于复兴的目标存在严重分歧，难免也要"拧巴"一番，英国还出现了"风格之战"的学说争论。最后，人们发现，文艺复兴式雄伟高贵，适于建造宫殿和政府大楼；巴洛克式珠光宝气，适于建造歌剧院；哥特式最能体现对上帝的敬仰，用于教堂再合适不过。于是，"和稀泥"的折衷主义（英文意为"多源选取"）风格应运而生。说白了，就是把多种艺术风格元素拼凑，博采众长，形成一种新的风格，并认为这才是唯一可行的建筑风格，也解决了"拧巴"的问题。法国巴黎歌剧院是其代表作。只是，对于这种建筑风格当时就有人"拧巴"起来："我们拥有除了我们自己的世纪以外的一切世纪的东西"。

在哈尔滨，这几种风格的建筑代表分别是：黑龙江省美术馆（新古典主义），和平邨1号楼（浪漫主义暨哥特复兴），南岗秋林公司（折衷主义），能看出它们之间"拧巴"的关系吗？

19—20世纪之交，出于对模仿历史建筑风格的不满，在广泛的艺术设计领域形成了新艺术运动。新艺术运动源于巴黎"新艺术之家"设计事务所，其宗旨是张扬艺术个性，对以前"过分堆积装饰"盛行的不满和反叛，也就是"拧巴"，将建筑的发展坚决地从古典中剥离出来，摆脱古典传统形式对现代建筑创作的束缚。新艺术运动又称"摩登"运动，其建筑的特点，外形趋于简洁，排斥传统装饰手法，常用流畅的几何曲线，模仿自然界生长繁茂的草木形状曲线，力求表现出生机勃勃的动态效果。新艺术运动的中心为法国巴黎和比利时布鲁塞尔。代表作为法国巴黎埃菲尔铁塔和巴黎地铁站入口。

哈尔滨建城初期，正值世界新艺术运动兴起，于是，"东方小巴黎"与法国巴黎近乎同步兴起了新艺术运动建筑，且持续时间长，建筑数量多。代表作品是老哈尔滨火车站、黑龙江省博物馆、马迭尔宾馆（俄语意为"摩登"）和中央大街原米尼阿久尔茶食店等。

新艺术运动可以说是欧洲建筑史上划时代的里程碑。从此，新建筑与旧传统分道扬镳，传统风格再也无法束缚新创意的天马行空。也许是厌倦了反反复复、颠来倒去、没完没了的"拧巴"，新艺术运动用一个最大的"拧巴"——彻底与传统风格割断，结束了欧洲建筑史中一千多年的"拧巴"。

本以为，新艺术运动之后，再无"拧巴"。可是，哈尔滨还有两种建筑风格，是哈尔滨最后的欧式风格建筑——装饰艺术运动和现代主义，仍然"拧巴"。代表作品是哈尔滨国际饭店（原新哈尔滨旅馆）和黑龙江日报报业集团大楼。

装饰艺术运动风格是1920年—1930年期间风靡世界的一种建筑与装饰设计潮流。1925年巴黎举行国际博览会，装饰艺术的名称得以正式确认。装饰艺术是一种纯粹感官意义上的风格，特点体现在其不辨别而欣然接受各种来源的装饰、色彩、丰富的材料以及自身有光泽的外表。装饰艺术风格的来源非常杂驳，有古代埃及、古代美洲和非洲原始艺术的影响，也有立体派、未来主义和"国际式"建筑风格的影响。如果说，19世纪与20世纪之交新艺术运动的有机线条代表了追求自然与感性的资产阶级情趣，那么，装饰艺术风格则是对矫饰的新艺术运动的一种反动。与强调自然风格的装饰和手工艺的新艺术运动相比，装饰运动风格更强调直线与几何形态，体现了强烈的机器美学和工业时代精神。现代主义则是日本占据时期引进的建筑风格。

装饰艺术运动和现代主义之后，西方开始了后现代建筑风格，哈尔滨因历史原因，逐渐结束了国际商贸城市和外国侨民集中的历史，但那些代表欧式艺术风格的建筑，却保留了下来，向人们述说着往昔。

回望欧洲建筑史，可以说是"拧巴"史。建筑艺术看似是造型、装饰、审美、风格、艺术、文化之争，实质上是思想、宗教、政权的交锋，"拧拧巴巴"，一路走来。

了解了这些城市老建筑风格的来历和它们之间的瓜葛，是否能读懂它们高贵典雅之外的那些独特的内在心理和外部表情？

"相看两不厌"

一张哈尔滨中央大街"街心"——马迭尔宾馆楼上穹顶与斜对面教育书店（原松浦洋行）楼上穹顶的"同框"照片，令人忍俊不禁。像极了京剧《空城计》中诸葛亮在空城城楼上坦然面对司马懿的大兵压境。耳畔，仿佛回荡起马连良先生那段著名的"西皮二六"："我正在城楼观山景，耳听得城外乱纷纷，旌旗招展空翻影，却原来是司马发来的兵。"你看，马迭尔宾馆穹顶是否像孔明的"诸葛巾"？斜对面教育书店（原松浦洋行）楼上的穹顶是不是如同司马懿的头盔？

其实，这两座建筑早就"入戏"了。百年来，就这样默默肃立，默然无语，"相看两不厌"。

真的"两不厌"吗？它们彼此心里都十分清楚。

教育书店（原松浦洋行）属欧洲巴洛克建筑艺术风格，马迭尔宾馆为欧洲新艺术运动建筑艺术风格。这两种相距近300年的建筑艺术风格，能有怎样的瓜葛呢？

巴洛克，是欧洲文艺复兴运动后在意大利兴起的摆脱中世纪束缚的"新手法主义"建筑艺术风格，以倾斜的角度，椭圆形，弯曲的立面，壁柱或双壁柱，繁复的装饰，注重光影效果和错觉，采用建筑与雕塑的融合等为主要特征。以中央大街教育书店（原松浦洋行）入口上方两位希腊神话中的擎天之神为例：男神阿特拉斯，女神加里亚契德，体现了巴洛克建筑艺术"让神话里的诸神走出画廊站在这个人造天堂的大道上，凝练为石头"的特征。仔细看，两神极具动感的不同姿势造型，如同舞蹈，栩栩如生。下半部分抽象的牛腿造型表现了遒劲有力的优美动感线条，为建筑增添了更大的想象空间。而且，在垂直方向与建筑转角相呼应，无论从哪个方向看，都有显著的光影效果。

欧洲巴洛克风格标志性建筑是1505年至1626年建造的位于梵蒂冈的那座世界著名的圣彼得大教堂。作为当时基督教最宏伟的建筑，不仅体量巨大、气势宏伟、高贵庄严，更因装饰华丽、凸凹有致、雕塑般具有立体感和动感而闻名。人们熟知的画家、雕塑家、建筑家米开朗琪罗将生命最后的18年献给了这项巨大工程。此外，意大利佛罗伦萨圣洛伦佐教堂，罗马圣玛利亚教堂、西班牙阶梯、沉舟喷泉等，都是著名的巴洛克风格建筑。

然而，以古典主义传统卫士自居的法国建筑师不干了，想到了意大利曾将巴黎圣母院等建筑风格贬为"哥特式"（意为"野蛮的"），于是，也将这种意大利新兴建筑风格蔑称为"巴洛克"——葡萄牙语"畸形的珍珠"之意。尤其是巴洛克建筑将古希腊、古罗马"祖传"的柱式，高高镶嵌在立面上，成为装饰性的壁柱，令法国人忍无可忍，怒不可遏。那么，谁是"高贵的珍珠"呢？当然是法国人引以为傲的古典主义啦！可这意大利人也真够倔强，大张旗鼓地弘扬这种建筑艺术风格，并赋予"巴洛克"以"创新、动感、华丽"的内涵，甚至取代了"新手法主义"。后来，又延伸为炫耀财富之意，使之风靡了欧洲，以至于来到了"东方小巴黎"。

噢，教育书店（原松浦洋行）身上，竟有这么多"戏"。

新艺术运动，是1900年前后诞生于法国、比利时的建筑艺术风格。代表作是巴黎世博会期间展现在世人面前的巴黎埃菲尔铁塔。哈尔滨在建筑艺术风格上唯一与欧洲接近同步的就是新艺术运动。作为刚刚兴起的城市，成了建筑师施展十八般武艺、展示各种建筑艺术风格的大工地。新艺术运动风格建筑成为时髦——有的国家就把新艺术运动称作"摩登"（马迭尔：俄语就是"摩登"之意）。哈尔滨最早的新艺术运动风格建筑是位于香坊的气象站（位于现香坊公园，已毁），以及著名的老哈尔滨火车站、马迭尔宾馆、黑龙江省博物馆（原莫斯科商场）、原米尼阿久尔茶食店（曾为哈尔滨摄影社）等。新哈尔滨火车站也承袭了老哈尔滨火车站的新艺术运动建筑艺术风格。

新艺术运动风格一反建筑传统，主张简化、简约，崇尚自然，以金属模仿自然植物优美并带有流动感的有机形态作为装饰，反对过度装饰。那句"装饰即罪恶"的口号，振聋发聩，响彻云霄。你猜，说谁呢？

从此，欧洲建筑艺术风格与传统风格分道扬镳。

在哈尔滨马迭尔宾馆身上，已看不到传统建筑装饰的影子。所以在我们眼里，新艺术运动建筑风格的马迭尔宾馆，远不及巴洛克建筑风格的教育书店（原松浦洋行）"艺术"。

这两种风格在哈尔滨的代表建筑，就这般在中央大街最繁华处，各操己念，各怀心事，"对视"了百年。

然而，没有一波三折，也就没有了戏剧性。

后来，随着巴洛克建筑艺术风格的影响越来越大，艺术的魅力最终战胜了偏见。喜欢浪漫的法国人接受了巴洛克建筑艺术风格，并做了适当的改进，大概是以之摆脱"打脸"的尴尬。最明显的就是在巴洛克建筑上，安置一个代表古典主义的穹顶。看看法国巴洛克建筑艺术风格的主要特征：双斜坡屋顶，穹顶，豪华的室内装饰，笨重的墙面砌筑，外加环境的景观设计，等等。著名的法国巴洛克建筑是法国巴黎荣军院，也就是埋葬法国皇帝拿破仑与阵亡将士的教堂。

噢，明白了吧？教育书店（原松浦洋行），竟是"法国味儿"的巴洛克风格，或者说，是兼具意大利热情浪漫和法国庄严典雅"血统"的"富二代"。这里，有一个"东方小巴黎"的奥秘：早年哈尔滨的许多建筑师来自法国，或是在法国学成的俄国建筑师。

不妨多说几句。其实，法国人也过于和意大利人计较了。法国古典主义的源头是古罗马，古罗马是哪儿呀？还有，诞生于法国的新艺术运动建筑艺术风格的一个鲜明特点，就是椭圆弧形大窗，哈尔滨火车站、黑龙江省博物馆都是如此。就连具有新艺术运动风格特点的太阳岛的太阳门，其灵感都是哪儿来的呀？看一下巴洛克建筑艺术的特征就明白了。

马迭尔宾馆这位新艺术运动的"晚辈"，听到这段"家史"，再看这位法国"前辈"的巴洛克建筑，"目光"会柔和许多了吧？

其实，这只是哈尔滨街头上演的欧式风格建筑诸多戏剧中的一出独幕剧。遥想当年，欧洲建筑艺术发展过程中的争斗大戏，不知该是怎样的轰轰烈烈而又惊心动魄呢。而哈尔滨那么多欧式建筑，其艺术风格的迷人故事，又该有多少呢？

来哈尔滨，一定要逛中央大街。逛中央大街，一定别忘了一手举着手机，一手举着马迭尔冰棍。用手机记载空间，用冰棍记录时间——只消吃一根冰棍的时间，仔细欣赏一下这"相看两不厌"的建筑艺术经典，你会觉得哈尔滨打开了你的艺术眼界。

欧式建筑"艺术圈"

来到哈尔滨南岗博物馆广场（原圣尼古拉教堂广场），就"扎"进了欧式建筑"艺术圈"，"陷入"诸多风格建筑的"包围"。您还不知道吗？

循着欧洲建筑史或西方建筑艺术史的引导，按时间排序，让我们重新认识一下这些"眼熟能详"的欧式风格建筑。

先说说曾位于广场中心的圣尼古拉教堂（已毁）。这座俄罗斯风格的哥特式东正教堂，是原圣尼古拉教堂广场的命名建筑，也是"东方莫斯科"城市规划的起点和城市中心，更是城市的制高点。哥特式，是诞生于欧洲中世纪中后期的建筑艺术风格。建于1163年至1250年的法国巴黎圣母院是哥特式建筑的鼻祖。需要说明的是，建筑风格的哥特与曾联合日耳曼人灭亡了西罗马帝国的哥特人没有关系，而是意大利人对法国这种建筑风格的蔑称：野蛮的。资料记载：最早用"哥特"一词来形容这种法国新出现的建筑风格，见于名画家拉斐尔给教皇的信中。哥特式建筑风格以尖形拱门代替罗马式的半圆拱门，彩色玫瑰玻璃窗。墙壁上饰有宗教壁画以渲染气氛。外部有挺秀的尖塔，形成向上升华、通向天国的神秘感觉。而支撑教堂建筑高耸的墙体的，不是传统的柱式，而是教堂两侧和后面的一排排高大的"飞扶壁"。入口门上有生动形象的浮雕和石刻。哥特式开创了一个新的建筑风格时代，德国科隆大教堂、意大利米兰大教堂等均为哥特式建筑的经典。

位于哈尔滨南岗东大直街和博物馆广场东南相交处的哈尔滨市少年宫（原梅耶洛维奇大楼），曾是哈尔滨早期著名的荷花舞蹈艺术学校。这座很早就与艺术有缘的建筑，"艺名"是什么呢？文艺复兴建筑艺术风格。噢，您也许会想到欧洲伟大的文艺复兴运动，想到但丁在《神曲》中那句"人比天使高贵"的惊世之语，想到莎士比亚《哈姆雷特》中的著名台词："人，是一件多么了不起的杰作！"想到达·芬奇的《蒙娜丽莎》自信而神秘的微笑。在欧洲中世纪宗教专制下，人是卑微的尘土。中世纪的绘画中，多是表现圣母玛利亚、基督耶稣及飞翔的天使，或者《圣经》故事。这些以复兴古罗马平等民主自由思想为旗帜的文艺复兴运动先驱，公开向宗教势力宣战，可歌可泣，可敬可爱。而最大的挑战，莫过于由具有人文主义思想的建筑师伯鲁涅列斯基设计和建造的意大利佛罗伦萨大教堂（圣母百花大教堂）那座巨大的穹顶。这座文艺复兴风格建筑经典，一反西方教会规定的教堂建筑直冲云霄的高、尖拱和尖顶的宗教象征，采用了"复古"的古罗马巨大穹顶，成为文艺复兴运动鲜明的旗帜和宣言，直接在宗教教堂建筑"头上动土"，从根本上撼动了本已摇摇欲坠的中世纪宗教统治。

文艺复兴建筑艺术风格15世纪产生于意大利，流行于15—16世纪欧洲。受文艺复兴思潮影响，在造型上突破了哥特式建筑风格，是对古罗马时期的建筑结构和样式的重新认识和复兴，以建筑形体表现人文主义思想，成为欧洲伟大的文艺复兴运动的主力。

黑龙江省博物馆（原莫斯科商场），与原圣尼古拉教堂隔道相望。广场、教堂、商场共同构成"东方莫斯科"的最初核心。这是一座新艺术运动风格建筑。新艺术运动建筑艺术风格是19世纪末到20世纪初发生于欧洲的一场影响广泛的国际设计运动，是现代建筑简化与净化过程的步骤之一。新艺术运动力图摆脱古典传统形式对现代建筑创作的束缚，创造出一种前所未有的、能适应工业化时代精神的简练手法和简化装饰。新艺术运动建筑的特点是：外形趋于简洁，排斥传统装饰手法，常用流畅的几何曲线，特别是装饰母题模仿自然生长繁茂的草木形状曲线，力求表现出生机勃勃的动态效果。这种风格的源头是1889年法国巴黎世博会期间"登场亮相"的埃菲尔铁塔。

哈尔滨新艺术运动建筑艺术风格与欧洲新艺术运动潮流几乎同步，因此，也是新艺术运动建筑较多的城市。如老哈尔滨火车站、马迭尔宾馆、黑龙江省博物馆、原米尼阿久尔茶食店等。世界上新艺术运动风格建筑最多的城市分别为法国巴黎、法国南锡、"东方小巴黎"哈尔滨。

位于南岗西大直街东端和广场相接处的哈尔滨国际饭店（原新哈尔滨旅馆），是哈尔滨装饰艺术运动建筑风格的代表。建筑呈现出垂直感，连续的多层阳台模拟琴键，流畅的塑造线脚模拟风箱，檐部的格栅状装饰及植物浮雕，让人联想到超大号的手风琴。

装饰艺术运动建筑风格是20世纪20—30年代风靡欧美的一种建筑与装饰设计潮流。装饰艺术一词起源于1925年巴黎举办的装饰艺术和现代工业国际博览会，装饰艺术的名称得以正式确认。代表作是美国纽约克莱斯勒大厦和曼哈顿的帝国大厦（范围已超出欧洲）。

有趣吧？环绕南岗博物馆广场一周，可以看到多种欧式风格建筑。从欧洲中世纪中后期的哥特式，到15—16世纪的文艺复兴、20世纪的新艺术运动及后来的装饰艺术运动。时间穿越数百年，空间跨越数千公里。而这么多种艺术风格的建筑，在如此狭小的范围内，"环顾一周"，即可"一览无余"，大饱眼福，实属罕见。

伫立南岗博物馆广场，无论刮什么风，都会吹来建筑艺术浓郁而浪漫的气息；举目四望，哪个方向都有经典建筑闯入眼帘，成为"景深"处的背景；稍稍留意，就会感受到一次艺术的洗礼；越仔细观察，就越能发现更多的艺术细节，感受到更多的艺术魅力。世界上，哪座城市能在咫尺之间，就有如此多的建筑艺术风格可供欣赏？或者说，在欧洲，欣赏这几种建筑艺术风格需穿越几个国家？

而在哈尔滨，这种景致多了去了。

整日在冰雪艺术的"冰城"、建筑艺术的"建筑艺术博物馆"、音乐艺术的"音乐之城"——种种艺术氛围中生活、接受熏陶，不"洋气"才怪。

"米尼阿久尔"
——新艺术运动最后一抹余晖

有一个词,"米尼阿久尔",每当说起,便觉得洋气了起来,似乎还有点接近高雅了。也无怪乎如此,人家是俄语,意为"精美的艺术品"。

这件"精美的艺术品",是位于哈尔滨中央大街58号的一座建筑,全称米尼阿久尔茶食店,欧洲新艺术运动建筑风格。建于1926年。新中国成立后,这里曾是著名的哈尔滨摄影社。

或许有人要问:怎么个精美和艺术法呢?

这座建筑平面布局是6个开间,以三段升起与双坡屋面的女儿墙立面形成构图的层次。建筑的精美之处在于女儿墙的造型极具想象力。墙垛曲线向内运动,呈内敛状。墙垛中央设置一个椭圆形空洞,将蓝天白云的画面嵌入了女儿墙的几何构图中,引发人们无限遐想。两垛之间的空间合围成花瓶形,以精美的铸铁栏杆相连,横竖线相交点是一大一小的内切环,竖线顶端折成跳动的火焰形状。阳台栏杆、入口、门斗及女儿墙的装饰,映现出植物生长的优美曲线，体现出新艺术运动风格建筑"以自然为源泉，装饰形式简洁、活泼、自由，母题模仿自然界繁茂的草木形态曲线，力求生机勃勃、生动自如的动态效果"的艺术主张。

也许，你会觉得，新艺术运动建筑风格较之巴洛克、文艺复兴等建筑风格"不那么艺术"，其实，这正是新艺术运动建筑风格的精髓所在。听听新艺术运动奥地利建筑师阿道夫·路斯那句著名的斩钉截铁的"纲领"："装饰即罪恶！"多么决绝和义无反顾。也就是打这时起，新艺术运动一骑绝尘，与传统彻底决裂。传统的柱式、装饰不见了，代之以简约的建筑装饰风格。

相对而言，米尼阿久尔的装饰还是比较奢华的，是名副其实的"精美的艺术品"。少有人知，原版的米尼阿久尔更奢华。最醒目的，是女儿墙每个墙垛的柱头，都是美女头像雕刻。这种装饰方法，不仅哈尔滨绝无仅有，就是在新艺术运动建筑风格的"老家"欧洲也十分罕见。拉脱维亚首都里加现在还能看到这种美女头像雕刻的女儿墙垛。有观点认为，这是新艺术运动中印象派的杰作。也有这样的说法：这是印象派中颓废主义倾向的代表。不由得联想到，法国象征主义诗人波德莱尔的诗集《恶之花》，也会令人记起闻一多著名的诗《死水》。

新艺术运动是19世纪末到20世纪初发生于欧洲的一场影响广泛的国际设计运动。主张摆脱传统束缚，创造出适应工业时代精神的简练手法和简化装饰，模仿自然界繁茂的草木曲线。1889年，堪称新艺术运动经典的埃菲尔铁塔惊艳亮相法国巴黎世博会，引发轰动，成为新艺术运动的标志。

其实，米尼阿久尔何止是"精美的艺术品"，它还是新艺术运动建筑风格终结的界碑。

欧洲新艺术运动因第一次世界大战戛然而止，"运程"仅二三十年。哈尔滨建市时，恰值新艺术运动兴起，于是，作为"东方小巴黎"，哈尔滨的新艺术运动风格建筑蓬勃兴起。哈尔滨唯一与欧洲建筑艺术风格发展几乎同步的，就是新艺术运动。与欧洲不同，哈尔滨未经大的战乱，所以，新艺术运动风格建筑始终"生机盎然"，直到米尼阿久尔茶食店落成，方告终止。此时，距欧洲新艺术运动结束已十几年。可以说，米尼阿久尔，是世界新艺术运动最后的一抹余晖。哈尔滨新艺术运动风格建筑数量，也位列法国巴黎、南锡之后，排在第三。

米尼阿久尔茶食店落成后的第二年，又在太阳岛开设了分店。这就是后来著名的"太阳岛餐厅"。现代风格，犹如一艘宽大的客船，上下两层，仅餐厅就能容纳200人同时就餐。当年俄侨带有香水味的明信片，记录了这一遥远的场景。而许多老哈尔滨人，则永难忘怀到太阳岛野游、在太阳岛餐厅聚餐的岁月。只可惜，1997年一场大火，这件精美的艺术品毁于一旦。太阳岛餐厅于老哈尔滨人而言，不是失去的才是宝贵的，而是宝贵的永远失去了。

如今，在伏尔加庄园，重生的米尼阿久尔餐厅静静泊在阿什河上，与前来观光的老哈尔滨人一同重温往昔的旧梦。

逝去的经典

哈尔滨，被誉为"东方莫斯科""东方小巴黎"。此外，它还是我心中的"建筑艺术博物馆"。遍布城市的各种风格的欧式建筑，就是佐证。这些风格各异的精美建筑，令慕名而来的旅游者目不暇接，惊美不已，仿佛置身欧洲。

遗憾的是，已有一些老建筑早早退出了"建筑艺术博物馆"的展台，使城市形象打了折扣；给城市建筑艺术宝库，留下欠缺；也在哈尔滨人心中，留下永远的痛。

举三个例子，来回顾这些逝去的欧式建筑当年的风采，弥补"建筑艺术博物馆"空缺的展位，也补上建筑艺术欣赏的一段空白。

圣尼古拉教堂（俗称喇嘛台），于1900年在哈尔滨最高点——原教堂广场（俗称喇嘛台广场，现博物馆广场）中心处落成。从此，"东方莫斯科"开启了城市"洋"风格的建筑之旅。圣尼古拉教堂既是城市的制高点，又是城市规划建设的起点，还是城市架构的原点。教堂顶端高高的十字架，更是全市视线的焦点。以其为中心，具有灵活、自由、开放特点的不规则放射状广场，拉动了哈尔滨城市化建设的脚步，并快速蔓延。圣尼古拉教堂、莫斯科商场（现省博物馆）、秋林公司及沿街路建设的俄式建筑，典型的莫斯科街路布局模式呈现在世人眼前。把"东方莫斯科"演绎得惟妙惟肖。

原布拉格维音斯卡娅教堂（又译圣母领报教堂、圣母报喜教堂），是拜占庭风格的俄国东正教堂。初建于1900年，落成于1903年，木结构。1918年毁于一场大火。同年，原址建一临时教堂。1930年，正式修建钢筋混凝土结构教堂。1941年举行竣工"祝圣"仪式。被誉为"远东最宏伟、最壮观的教堂。"

在建筑艺术风格上，原布拉格维音斯卡娅教堂比圣·索菲亚教堂更加"拜占庭"。希腊十字结构，具有能容纳1500人的内部空间。半圆形的穹顶，与伊斯坦布尔的圣·索菲亚大教堂有异曲同工之妙。正面高大拱券下对称的圆顶高窗和圆拱下面的入口，成为中轴。两边的辅墙、窗及柱式装饰严格对称，简洁明快，庄严大气，极有气势。教堂全部空间没有任何辅助性立柱，直径达10米的巨大穹隆仅靠一个钢筋混凝土十字拱形结构支撑。主入口上方，凸起主穹隆的围墙上24个拱券花窗，十分精美。教堂侧后方高于教堂独立的钟楼，是世上罕见的拜占庭教堂独立钟楼，可视为一件拜占庭风格建筑艺术精品。多层结构，下方上圆。上部由柱式环廊支撑的穹顶，与主建筑的大穹隆形状一致，相互呼应，美轮美奂。

布拉格维音斯卡娅教堂惜毁于20世纪70年代。

还有一个老建筑，每当想起，清晰如昨。且每个老哈尔滨人都能在记忆里，拎出一串串亲历的温馨往事。太阳岛餐厅，形似一艘巨大的客船，曾"泊"在太阳岛上70多年。

20世纪20年代，在中央大街上，一座新艺术运动风格的米尼阿久尔茶食店现身于众多西餐厅与各具特色的洋建筑之间。经理为犹太人埃玛努伊尔·阿纳托利维奇·卡茨。太阳岛上的米尼阿久尔西餐厅为中央大街米尼阿久尔茶食店的分店，建于1927年。

"米尼阿久尔"，俄语"精美的艺术品"之意。

按建筑艺术风格论，太阳岛餐厅为现代建筑艺术风格。这是一艘豪华"客船"。"船舷"上部，栏柱与"舷索"相围，如同客船的"观光甲板"。宽敞的大厅，可容纳200人同时就餐。

一幅20世纪50年代画报上的照片，留下了太阳岛餐厅的"倩影"。浅黄色的"船身"，深绿色的"船舷"，昂首"停泊"在太阳岛近水的岸上。一片低矮树丛和一带近水堤岸，无意间便成为艺术品的佩饰。

早年哈尔滨的夏日里，江风和煦，阳光明媚的太阳岛，是人们野游、野浴、野餐的度假天堂。应运而生的太阳岛餐厅，便成了太阳岛上迷人的乐园。泛着余香、颜色微黄的哈尔滨老明信片，老明信片上宫殿般豪华洋气的餐厅一角，餐厅一角外侧三两身着泳装仙女一般的俄国女郎的倩影，倩影脚下不远处柔柔的松花江波，松花江波远端镶嵌在天水间的松花江老江桥。一晃，定格了几十年，不厌其烦地诉说着往昔的浪漫。

太阳岛餐厅开启了哈尔滨人独具的夏日里到太阳岛野游、野浴、野餐、荡舟的"洋文化"之旅。

资料记载，"浪漫之舟"曾屡遭困境。因太阳岛堤岸被江水侵蚀，江岸退移，"浪漫之舟"渐渐泊向江边。无奈，先后三次被整体抬迁至高处。最后"定格"在现在斜拉桥下附近。曾有一幅照片为江水接近"浪漫之舟"的情形，人们用木栅板连成防浪堤，阻拦江水，险象环生。"浪漫之舟"见证了太阳岛的"退隐"。

改革开放，太阳岛焕发了青春，成为展示年轻人观念更新的"大舞台"。时装、录音机、太阳镜、集体舞佐以啤酒、红肠、格瓦斯、面包，筑起太阳岛江畔的风景线。"浪漫之舟"首开啤酒"灌溉"闸门，罐头瓶取代了啤酒杯。"哈尔滨八大怪"之"喝啤酒，像灌溉"由此而来。

驶过了几十年风风雨雨，经历了城市的兴衰更替，"浪漫之舟"的颜色，渐渐泛白，褪去本色。往日的繁华不在，"浪漫之舟"盛载了太多、太多的记忆。它累了，真的很累。但是，它没有沉入江底，而是于1997年初以一场大火的方式，告别了历史舞台。

这些老哈尔滨人记忆中的艺术经典，让人读懂了一句话："失去的才是宝贵的。"

"中华巴洛克"

到了法国巴黎，打听什么是"中华巴洛克"建筑风格，怕是很多人说不知道。这，很正常。

在"东方小巴黎"，打听什么是"巴洛克"建筑风格，大概也会有很多人说不知道。这，也很正常。

倘若把地点或问题互换一下，答案，会很完美。

"中华巴洛克"，哈尔滨专属名词。词的构成，既很"古"，也很"洋"，体现了"中华巴洛克"的精髓。它是哈尔滨老道外的"形象代言"，是伴随几代人成长的那一片建筑丛林，是许多老哈尔滨人生于斯、长于斯的故乡和精神家园，也是繁盛和喧嚣城市中无处不在的民俗风情和故事传说。

以至于，"中华巴洛克"已经超出了其建筑艺术范畴，就像巴洛克已不再是最早定义的"畸形的珍珠"。

回过头来，探究一下"中华巴洛克"建筑艺术风格，十分有趣。

"中华巴洛克",是指在欧洲巴洛克建筑艺术的构思体系上,附着浓重的中国传统文化风情与民俗特征装饰形式的建筑,是中国古典建筑与欧式建筑"古为今用,洋为中用"的艺术再创造。

英国的约翰·罗斯金《建筑的七盏明灯》一书中曾说:"建筑是一种对人类所造建筑物进行布置和装饰的艺术。"那么,"中华巴洛克"又是怎样一种建筑装饰艺术呢?

在《凝固的乐章——哈尔滨保护建筑纵览》中查询得知,在哈尔滨一、二、三类保护建筑中,有"中华巴洛克"建筑14座。当然,这只占老道外"中华巴洛克"建筑的很小一部分。这些建筑,其艺术灵感应是师承中央大街那座巴洛克艺术风格建筑经典——教育书店(原松浦洋行)。在中华巴洛克建筑上,"畸形的珍珠"的贬义已不见丝缕,"创新、动感、华丽"的内核则深入骨髓,某些方面甚至"青出于蓝而胜于蓝",较之巴洛克建筑,有过之而无不及。至于凸显富贵,炫耀财富的寓意,已令其"前辈"自愧弗如,甘拜下风。

最"中华巴洛克"的经典建筑,是位于道外区靖宇街的哈尔滨市中西医结合医院,也就是纯化医院,最早是同义庆百货商店。哈尔滨市二类保护建筑。其装饰除了体现巴洛克风格的繁复、华丽之外,还有热烈和夸张。如同红火热情的大花袄,被满身的花开富贵包裹着,充满幸福感。爱奥尼亚的双柱,无处不在的花朵、花瓣、枝叶,弧形窗券与檐上的弧形山花，双窗间的方、圆壁柱，高起的女儿墙及柱形墙垛，出挑檐部下面的牛腿雕塑。壁柱与窗间悬挂的绳花结穗装饰，看着就热热闹闹，喜气洋洋。看这门面、这场面，就知道当年的买卖，错不了，符合那个吉祥的店名"同义庆"。可怜，画这张设计图纸的工程师可是真不容易，工作量翻倍。

原天丰源杂货店，位于道外区南头道街。二类保护建筑。是另一类型的"中华巴洛克"风格。完全对称的主立面，以柱式构成主要装饰方式。主入口两侧，螺纹状双柱对称构图。上方二层，为两根粗壮的对称科林斯柱。二层排列9个巨大的双方窗，之间以窗间柱相隔。两端是对称的三间窗和壁柱。顶部入口上方是弧形带尖的山花。令人不解的是，建筑檐口中间的斗拱处赫然装饰着一颗五角星图案，十分醒目。厚重的檐挑，下面不是巴洛克建筑中擎天之神的雕像，而是擎天之神的牛腿雕塑。花饰不多，集中在二层窗上方和窗两侧。整座建筑充满动感和光影效果，挺拔、雄伟、典雅。

原义顺成、义顺源商店，二类建筑保护，位于道外区南二道街。这是比较"洋气"的中华巴洛克建筑。华丽而不繁复，热烈而不夸张，清秀、庄重、典雅、大方。屋檐上的装饰短柱、窗上沿、门洞上沿和窗间墙上的装饰带以自然植物为装饰题材。檐部出挑大，局部起拱券形。顶部女儿墙垛极具艺术性，装饰精美，犹如小型凯旋门的三组装饰，成为亮点。一层窗间清秀的壁柱，尤显精美，既有巴洛克的特质，又有折衷主义的多彩。亨得利钟表眼镜店（道外区靖宇街）、中西医结合医院（道外区靖宇街）、亨达利眼镜店（道外区靖宇街）、哈尔滨市第八医院（道外区北七道街）、向阳毛皮商店（道外区靖宇街）等均属此类装饰风格。

环宇文教用品商店，二类保护建筑，位于道外区靖宇街。如果说巴洛克装饰以花饰为主，这座建筑则属另类。几乎没有花饰，而是以凸凹起伏的几何形状来突出光影效果。主入口上方是三环弧形组成的葫芦状砌筑，凸凸凹凹，起伏有致，光影效果奇佳。主入口顶部是对称的方形窗与圆券窗、壁柱、檐及方形短柱组合的犹如牌坊的几何体，实体女儿墙和墙垛、小山花，边缘清晰，搭配和谐，具有优美的立体感。二层弧券双窗，以窗间壁柱相隔，充满律动感和光线强烈对比。

老鼎丰（道外区靖宇街，于20世纪90年代改建），十分独特的"中华巴洛克"建筑风格。三类保护建筑。虽然主入口也在转角处，但转角圆弧与主立面相切，形成连续的界面，极具艺术性和视觉效果。檐口下浮雕花饰与成对的托檐石，简练而又醒目。一层方窗上方的对称卷叶与雕花构成小型山花，二层拱券双窗以壁柱相隔，轮廓清晰。主入口上方复杂的山花与女儿墙垛相呼应，跌宕错落。整座建筑具有十分艺术的视觉和光影效果，韵律感十足。

老道外还有大量前店后院的"中华巴洛克"民居建筑群。二层或三层小楼，围成小型四合院，室外楼梯，大门出入。在临街立面，制作出具有象征意义的浮雕，内容多为中华民族传统吉祥图案，牡丹与如意、蝙蝠与铜钱等，寓意丰富。葡萄代表多子，花开代表吉祥富贵，鲤鱼预示年年有余，仙鹤表示长寿，福、禄、寿代表祝愿，松、竹、梅寓意高洁，中国结代表中华民族等。

多年来，"中华巴洛克"建筑的保护开发工作经过各级政府的不懈努力，已经取得很大成效，"中华巴洛克"成为哈尔滨市旅游业的一项重要资源。其名声，也将越来越响亮。

哈尔滨老道外的欧式建筑

一直以为，哈尔滨老道外除了中国传统建筑和伊斯兰教建筑，就只有"中华巴洛克"风格的建筑了。看了《凝固的乐章——哈尔滨保护建筑纵览》一书才知道，原来老道外还有许多欧式风格的建筑。颇有点"颠覆认知"。

古典主义风格建筑，在欧洲不稀奇，就是在哈尔滨，也不算稀奇。但是在老道外，就不能说不稀奇了。

位于道外区北四道街的中国农业银行哈尔滨太平支行（原交通银行哈尔滨分行），一类保护建筑。始建于1928年，1930年落成。设计师是中国第一位出国学习建筑设计的留学生庄俊。建筑为砖混结构，布局紧凑。正面入口采用贯通三层楼高的科林斯柱廊。顶托厚重的托檐，挺拔有力，建筑端部两翼采用清水红砖墙。整座建筑色彩自然朴素，与白色墙壁形成强烈对比，充分体现了古典主义风格的特征：一是四根科林斯式柱，两根科林斯方柱。二是二层托檐和托檐之间以六组圆壁柱装饰。三是顶部特殊形状的三角形山花。充分展现了古典主义风格建筑的庄重、典雅、高耸、朴素的气质。另有观点认为该建筑为折衷主义建筑风格。

另一座古典主义风格建筑是道外区北头道街23号楼（原伪满中央银行道外支行）。三类保护建筑。建于20世纪20年代。砖木结构，墙面为仿石材凹槽分缝处理。立面构图以四根两层楼高的爱奥尼亚壁柱为主导，比例严谨。二层上方有通长的水平腰檐，横向舒展，形成强烈的水平划分。入口偏于一侧，其上部雨篷造型精巧。整座建筑稳重，庄严。

这两座古典主义风格建筑，虽然风格元素不十分明显，却也在一定程度上体现出古典主义风格建筑特点。故也有人称之为受古典主义思潮影响的建筑风格。

折衷主义风格建筑，在哈尔滨的欧式建筑中是最多的。因为，哈尔滨初建时，恰逢欧洲折衷主义建筑风格风起云涌，于是，许多折衷主义风格的建筑顺应欧洲新潮流，应运而生。

老道外折衷主义风格建筑，主要有以下几座：

新闻电影院（原张学良公馆），位于道外区景阳街。建于1925年。曾为"中央大戏院"。1945年为"哈尔滨市第一职工俱乐部"。1948年为"水都电影院"。1954年，更名为新闻电影院。

三友照相馆，位于道外区靖宇街。建于1917年。三友照相馆1956年实行公私合营。1966年改为"新中国摄影社"。1981年恢复老字号。该建筑为2010年重建。

  总的来看,老道外的欧式建筑,除个别的以外,风格特征基本不太突出,规模也不算大。由于资料所限,建造这些建筑的初衷和为何会选择这些风格及如何建造的,均为未知。但是,其价值是,在老道外这个哈尔滨老城区,能够存在这些风格的建筑,开阔了人们的视野,不得不说这反映了当年老哈尔滨人敢想、敢为、敢为天下先的思想境界。

"小"建筑"大"风格

哈尔滨的雅名之一："东方小巴黎"，极具魅力，也引人好奇。

"小"在哪里？

一个十分有趣的问题。

或许，"小"在城市规模，"小"在世界影响力，"小"在照搬来的奢华浪漫的生活方式。

有一点是确切的，那就是，在"小巴黎"与巴黎同样建筑风格"名下"，建筑的"小"。

位于哈尔滨市南岗区东大直街的哈尔滨基督教会（原德国路德会教堂），其规模、体量、繁复程度，尤其知名度，与同为哥特式风格建筑，且为哥特式建筑风格"鼻祖"的法国巴黎圣母院有着天壤之别。但是，"一笔写不出俩哥特"。建筑虽小，风格的名气却不小，连建筑风格的"年岁"也不小。那可是诞生于欧洲中世纪后期的建筑风格。仔细瞅瞅，虽没有巴黎圣母院高耸的尖顶、尖塔、拱券，却也有小小的尖顶、尖拱；虽没有林立的支撑巴黎圣母院如同长颈鹿般高大身躯的飞扶壁，却也有小小三角形支撑墙体的扶壁；虽没有巴黎圣母院长长的教堂内厅，却也有着与巴黎圣母院同样的拉丁十字结构。这些建筑特征，让我们能够通过"小"建筑，读懂哥特式建筑的"大"风格，对这种诞生于公元12—16世纪并在欧洲流行了300年的建筑风格有所了解，也会对同为哥特式风格的德国科隆大教堂、意大利米兰大教堂不再陌生。

位于哈尔滨市南岗区一曼街的东北烈士纪念馆（原东省特区区立图书馆），其规模、体量、繁复程度和知名度，都无法与法国古典主义建筑风格的杰作——卢浮宫东立面相提并论。但是，东北烈士纪念馆作为哈尔滨古典主义风格的代表建筑，其高大清秀的科林斯柱，支撑起巨大的三角形山花。严格的对称，简洁的装饰。这些古典主义建筑风格的特征，显示出巍峨、庄严、高贵、典雅的恢宏气质和古典之美。不但风格不"小"，气质、气势也不"小"，使我们能够对17—18世纪兴起于法国的古典主义建筑风格有所感知。

位于哈尔滨市道里区地段街的黑龙江省美术馆，其规模、体量、繁复程度及知名度，都与法国新古典主义（古典复兴）建筑风格的经典——巴黎先贤祠（万神庙）难以比肩。但是，那六根华美而匀称如同女性的爱奥尼亚柱，凝聚着浓郁的古希腊、古罗马神韵，展示着具有历史沧桑的凝重之美。由此，也启发我们对兴起于18世纪下半叶、

19世纪末盛行于欧美的历史主义建筑思潮的思考，也对德国柏林的勃兰登堡门、英国不列颠博物馆等欧洲著名新古典主义风格建筑有了新的认知。

位于哈尔滨市南岗区的秋林公司及南岗区一曼街的市群众艺术馆、位于道里区地段街的兆麟小学校等众多折衷主义风格建筑，其规模、体量、繁复程度、艺术性及知名度，皆远不如法国折衷主义建筑艺术的精品——巴黎歌剧院。但是，各具特色的折衷主义风格建筑，却以一幅幅精彩各异的艺术图画，为城市容颜增光添彩，从多维度、多视角诠释着盛行于19世纪下半叶到20世纪初欧美的折衷主义建筑艺术风格，让人理解了折衷主义"多源选取""杂糅"的内涵。

哈尔滨道里区中央大街马迭尔宾馆和原米尼阿久尔茶食店，作为哈尔滨新艺术运动建筑风格的杰作，为人们所熟悉和喜爱。虽不及新艺术运动的标志性建筑——法国巴黎的埃菲尔铁塔那般惊世骇俗，却也留下精美的建筑艺术痕迹及一串串迷人的故事。尤其作为世界新艺术运动建筑风格最后一部建筑作品——原米尼阿久尔茶食店，将因世界大战戛然而止的欧洲新艺术运动建筑风格的历史延长了十几年。

其实，仅就建筑艺术而言，将哈尔滨称作"小巴黎"是远远不够的，不能涵盖哈尔滨欧式建筑的全貌。

位于哈尔滨市道里区的圣·索菲亚教堂，与土耳其伊斯坦布尔著名的拜占庭建筑艺术风格的典范——圣·索菲亚大教堂，同名，都是"智慧"或"神的智慧"之意；同宗，皆为东正教教堂；同风格，同属拜占庭建筑风格。只不过规模和影响力，尤其与后者"世界七大建筑奇迹"的美誉无法匹敌。但不影响其作为哈尔滨欧式建筑的精品，成为哈尔滨的地标和游客打卡地，它还将哈尔滨欧式建筑风格的历史，带入了欧洲中世纪早期。

位于哈尔滨市南岗区东大直街的哈尔滨市少年宫（原梅耶洛维奇大楼），是哈尔滨文艺复兴风格建筑的代表。而欧洲文艺复兴风格建筑的发端，是始建于公元13世纪末的意大利佛罗伦萨大教堂（圣母百花大教堂）。那座标志着文艺复兴人文思想的巨大穹顶，横空出世，举世无双，成为欧洲建筑史上的奇迹。虽然与之无法相提并论，但也让哈尔滨与欧洲伟大的文艺复兴运动有了某种关联。

哈尔滨市南岗区和平邨宾馆1号楼（贵宾楼）和道里区红霞幼儿园，是哈尔滨浪漫主义（哥特复兴）风格建筑的代表。虽然不能与英国国会大厦相比，但是，模仿中世纪寨堡式的田园式住宅，让我们领略了浪漫主义（哥特复兴）建筑风格的复古思潮。

位于哈尔滨市南岗区西大直街的哈尔滨国际饭店（原新哈尔滨旅馆），是哈尔滨装饰艺术运动风格建筑的代表。虽没有建成于1930年的装饰艺术运动风格建筑的标志——美国纽约克莱斯勒大厦的摩天高度，却也因模仿手风琴外形，以新颖的建筑垂直感、节奏感和韵律感及注重建筑立面视觉，体现了装饰艺术运动建筑风格"强调直线与几何形态，体现了强烈的机器美学和工业时代精神"的精髓。

位于哈尔滨市道里区的黑龙江日报报业集团（原哈尔滨弘报会馆），是哈尔滨现代主义风格建筑的样板。与欧洲现代主义的开篇之作——德国魏玛工业美术学校（包豪斯）相比，差异最小。现代主义建筑风格主张建筑功能化、标准化的设计理念，简洁的外形，根据功能的需要进行设计等。

正是哈尔滨欧式建筑的"小"，才成就了在城市发展初期短暂的几十年中，在中东铁路管辖的狭小地段（道里、南岗、香坊一带，道外当时属吉林管辖的滨江特别市）建造了大量的欧式风格建筑的事实。建筑风格丰富多彩，用"小而全"概括亦不为过，是哈尔滨成为"东方小巴黎"的依据之一，也成就了其"建筑艺术博物馆"的美名。

欣赏哈尔滨的欧式建筑，切记：勿以美小而不尊。

"冰城"

"冰天雪地也是金山银山"的冰雪文化艺术之 美

"冰城"银色三千界

哈尔滨，一个洋味十足的城市名字，更是一个可随季节变换的名字。"冰城""夏都"，冰火两重天，天壤之别、毫不相容的两个词，神奇地标记在一座城市的额头上，让人浮想联翩，充满好奇。

"北国风光，千里冰封，万里雪飘。"说的是北方的冬天。最"合身"的，该是冰城的冬天。

冬天，是一面谁看像谁的镜子。在碧海蓝天，浴光戏浪的南方，冬天就循着阵阵暖风，飘向热带、亚热带。还有"过冬"的感觉吗？冬天，就那样白白地被闲置了。而在哈尔滨，冬天就是一个裹着厚厚冰雪大衣的、纯正的、神奇的，伴着铿锵节奏，精准进入严冬季节站台的专列。

"冬季到北方来看雪"，道出了南方朋友的一种愿景、一种梦想。一生如果没见过雪，岂不遗憾？

冬天，来"冰城"，何止看雪？！

旅途就是一道季节风景线。乘飞机来，就如同进入了魔术师的法箱。在南方"名冬实夏"大汗淋漓地登机，几个小时的"穿越"，到哈尔滨出机舱时，眼前是银装素裹的另一个世界。而乘火车来，那你就会穿行在四季的长廊里，一路踏着四季节拍，遍赏春夏秋冬季节更替，迤逦而来。

冰雪，自然界的馈赠，是哈尔滨的骄傲。

冰，一个冷冷的、硬邦邦的名字。但在哈尔滨的冬季，却活灵活现、风情万种。它是矗立着的松花江江面，躯体是激荡浪花的化石。那浪花，松花江的浪花，曾"飞出欢乐的歌"，汹涌着跌宕澎湃的激情，被一代人向往。艺术家的巧思妙想和巧手奇技，赋予它鲜活的生命；闪烁迷离的七彩灯光，烘托着它的流光溢彩。在哈尔滨，冰雕艺术品无处不在，形象生动逼真，栩栩如生。各种富有生命力的"冰灯"造型，灵性生动，呼之欲出，让你随处感受到冰的魅力、冰的可爱、冰的灵性、冰的温馨。夜晚，"东风夜放花千树""火树银花不夜天"。置身其中，恍若银河踏波，你也变成了一颗星，一颗有着许多"讲究"和故事的星。

闻名遐迩的冰灯，赐予哈尔滨纯净透明、富于激情和浪漫的名字："冰城"。

雪，是描绘纯真、梦想的画纸。知道雪乡吗？其实，哈尔滨更是一座雪城。同冰灯一样，雪，为哈尔滨增添了神奇的魅力。雪，有着钻石的颜色和结构，由于雪花上布满了晶面，反射、折射着光，这无色的雪花就成了白色。雪，清纯、晶莹。同冰一样，都是水的一种生命形式，都是来自天上，都是有灵性的。歌德有一句著名的诗句："人的灵魂／像水／它来自天上／又升到天上。"雪，飘飘洒洒，无声无息，却带来天上的信息。每一片雪花，都是一个纯洁的天使。雪，是会说话的。当夜阑人静，你怀着心事，独自踏雪而行，会听到雪的有节奏的悄悄话。那简单、有韵味的话语，会荡涤你的烦恼，融化你的忧伤，慰藉你的灵魂，纯净你的思想。

堆雪人，是哈尔滨人童年的成长因子，奠定一生与雪的柔情和依赖，也铸就骨子里的浪漫情怀。而今，"雪人"已被艺术化、精致化了。有人把雪塑成美丽少女，并与之相拥拍照。雪人还能解开艺术之谜，一个"断臂维纳斯"的雪人，让人妄猜那只断臂也许是被风吹落的。雪雕是被艺术家塑成的"艺术品"，题材无所不有，大到万里长城、宏宫大殿；小到精美小品，一颦一笑，眉宇生情。有的精品能精雕镂空，鬼斧神工，不可思议。这轻轻的、柔柔的雪，在冬季的哈尔滨，竟有了汉白玉的色泽和质地。哈尔滨"冰雪大世界"年年出新，愈加精美，你在饱览中外艺术家作品中会有启迪，会有惊叹，会留下美好的记忆。精美的雪雕作品也是随处可见，哈尔滨就是一个名副其实的"冰雪大世界"。

有人会说："可惜，冰雪出文化，冰雪也会化。"再美的冰雪艺术品，也会很快融化。其实，冰灯、雪雕艺术比铜铸石雕具有更深刻的启迪和教育意义：哪一种美是长久的呢？它会告诉你：学会珍惜！珍惜生命！珍惜美的瞬间！

哈尔滨又是一座"音乐之城"。冬日，徜徉在中央大街，眼前是各种风情的欧式建筑，那些"凝固的音乐"，在冰雪中默默展示着昨日的历史和遥远的梦；脚下步行街仿佛玉石般的"面包石"，在冬季更有了溢脂润腻的手感；耳畔，会聆听到那位意大利红发神父维瓦尔第小提琴协奏曲悠扬的《四季·冬》，在音乐声中感受维瓦尔第在总谱上写的那句话："这就是冬天，虽然它给人们带来了寒冷，然而它也给人们带来了极大的快乐。"你会联想到柴可夫斯基第一交响曲《冬日的梦幻》。这位忧郁的作曲家没忘了在细腻地描写俄罗斯广袤原野冬日风情的同时，抒发阴郁忧伤的俄罗斯民族性情。哈尔滨的冰墙雪壁对音乐回响是不同的。冰墙会使音乐更加铿锵，在《英雄交响曲》中，增添几分激昂；而在雪壁的回响中，则会让铿锵变得舒缓，把《命运》化为《田园》。哈尔滨大剧院，外形就是一座冰雕，"雪练飘舞云为曲"。如同回旋往复的五线谱，上面缀满激情饱满的音符。

哈尔滨的冬天，有一个节日，一个独一无二的"冰雪节"。如果细想起来，你在这里的每一天都是"冰雪节"。因为这里冰雪的内涵太丰富，太深远。南宋大诗人杨万里八百多年前就曾痴迷神往："银色三千界，瑶林一万重。"倘若他能来观赏"冰城"美景，一定会写出更多传诵千古的诗篇。

（原载2017年1月3日《哈尔滨日报　太阳岛》本文有删改）

冰雪艺术的桂冠

世界上，有冰雪的城市大致可分作三个层次：视冰雪为自然现象；发展冰雪体育运动；创立冰雪艺术。"冰城"哈尔滨则属独特的一类：既发展为冰雪体育运动，又升华出冰雪艺术，更独创了冰雪城市文化，成为文旅产业的基石。四海之内，无人比肩。创造了"冰天雪地也是金山银山"的奇迹。

始创于1963年的哈尔滨冰灯艺术游园会，已经走过60年了，转瞬一个甲子。当年，前辈们用"喂得罗"盛水制冰、内置蜡烛做成的冰灯，经一代又一代哈尔滨人的不懈努力，继承、创新、发展，如今，已成为哈尔滨的城市名片。享誉世界的哈尔滨冰艺术灯游园会已成功举办47届，留下一串闪光的足迹。起步于1999年的哈尔滨冰雪大世界，也举办了23届。冰雪催生了这座城市的体育运动、冰雪艺术和冰雪文化，还催生了一个以冰雪命名的节日——"冰雪节"，更催生一个城市的雅名——"冰城"。

说起我与哈尔滨冰雪的故事，我和每一个哈尔滨人一样，都能从记忆的长河里，勾起一串串鳞光闪闪的美好回忆，眼前浮现出往昔一幕幕刺激又有趣的时光……

一直好奇：60年来，哪届冰雪艺术盛会最精彩、最经典、受众面最广、影响最大，能够摘得冰雪艺术的桂冠呢？

我把这顶尊贵的桂冠，献给2017年第18届哈尔滨冰雪大世界。

2017年（农历丁酉年）1月27日（年三十），央视鸡年春晚在哈尔滨分会场"黄金8分钟"，播放了以"冰雪欢乐颂，相约哈尔滨"为主题的春晚节目，向全世界展现了哈尔滨冰雪文化艺术的魅力。

清晰记得，那个值得铭记的除夕夜，我怀着激动和自豪的心情，同全球华人及众多的电视观众共同欣赏了自己城市的精彩画面。我不晓得世界上有多少人收看这个电视节目，但我确信，有多少人收看那天的央视春晚，就有多少人看到了魅力无限的冰雪哈尔滨。那是怎样一个撼动人心的时刻啊！

屏幕上，千里冰封的北国风光，恢宏壮阔的冰雪主题乐园彰显原生魅力。2000余件美轮美奂、冰雕雪塑的精美艺术品，仿佛美丽的冰雪童话世界。高超的现代声光电技术，加上虚拟摄像技术，把冰城夜空打造成极光效果，流光溢彩，令观众邂逅一段奇异的冰雪奇缘。

开场的巡游，象征冰雪和节庆的驯鹿飞驰，把观众带到美妙的神话世界。美丽的俄罗斯姑娘冰雪真人秀，展现了哈尔滨的欧陆风情。中央大街老街乐队的表演，提示人们：这里是闻名遐迩的音乐之城。气势恢宏的集体冰鼓，秀出冰雪世界的精彩华章。

华美的冰上舞蹈，惊险的冰上杂技，世界冠军领衔的花样滑冰，冰雪时尚运动，在如梦似幻的灯光闪烁映照下，如天使般飞翔、梦幻般流动、仙境般神奇、神话般美丽。此刻，冰城的冰雪，惊艳全球。

玖月奇迹组合的《冰雪彩虹》，唱出了冰城人的冰雪情："舞动冰雪，画一道彩虹。每个笑容可以把梦想播种。舞动节拍，让天地沸腾。彩色的感动，放飞中国梦。"

"黄金8分钟"的最大看点，是主景——庄严神圣的"天坛祈年殿"。以故宫角楼为配景，在"金鸡报晓""五谷丰登""年年有余""花开富贵"四组大型雪雕烘托下，闪亮现身，共同组成巨大的冰舞台。"天坛祈年殿"在变幻的灯光下，一时如温润的青玉，一时似晶莹的琥珀，一时又像剔透的血石。鎏金宝顶，三层金檐，金丝楠木柱精巧细腻，龙凤浮雕把天坛祈年殿的特点展现得淋漓尽致。

有一篇散文，记写了这珍贵的历史性高光一幕：

"神圣壮观的'天坛祈年殿'，冰雕玉砌的重檐亭殿，宝顶鎏金的皇穹宇，遍身彩玉的琉璃瓦，无不放射着迷人的光芒。一个个冰雪主题随光与影的变幻行云流水般轮番呈现，'金光万道滚红霓，瑞气千条喷紫雾'。幽蓝深邃的人间仙境，近在咫尺，却又远在天边；既现实，又虚幻；既灵性，又庄严。透过碧光闪烁的岁月烟云，仿佛看到，在冰晶玉翠的神坛上，冬至日，瑞雪纷扬。昔日的帝王顶冠束带，表情肃穆，焚香祭祀。在此祭天祈福。祈求五谷丰登，天下安康。'焚香独自上天坛，桂树风吹玉简寒'。'天坛祈年殿'，仍旧香雾袅袅瑞风来，天音缥缈；丹陛桥，依然层阶高蹈通天路，神圣肃穆；天青石，如同回荡上苍祈福祷词；回音壁，犹似历史足音依稀可辨""此景只应天上有""这一刻，世界看到了冰雪哈尔滨，哈尔滨冰雪的神奇"。

上面这段文字，是鸡年春晚结束后，一位哈尔滨的文学爱好者，激动万分，夜不成寐，连夜用文字记下的哈尔滨冰雪史上绝无仅有的盛典和辉煌瞬间，并珍藏至今。

知道吗？这位文学爱好者，就是我。

（原载2023年1月10日《哈尔滨日报　太阳岛》本文有删改）

本文获"冰雪60年——我与哈尔滨冰雪的故事"主题征文大赛一等奖

我爱你，塞北的雪

我爱你，
塞北的雪，
飘飘洒洒漫天遍野。

——歌曲《我爱你，塞北的雪》

白雪、黑土地，是塞北名片的两面。一白一黑，构成了地老天荒的浑圆与永恒。

特别喜欢这首歌——《我爱你，塞北的雪》。曲调优美，词更优美。美到"骨髓"的，是意境。总觉得，她不仅是一首歌，也是一首诗，还是一幅画，一幅"塞北冬日雪景图"。

每当冬雪飘至，面对漫天大雪，往往按捺不住，诗兴大发，歌情喷涌，画意难抑。悲催的是，常常猛然发现并转而悲叹，因词穷、音哑、技拙。于是，不由自主地从心里流淌出这首歌——《我爱你，塞北的雪》。情不自禁，情不自禁哪。如同大发诗兴，一发不可收；如喷涌歌情，一泻而千里；如尽展画意，一幅长卷尽妖娆。多少年了，遇雪而歌，"歌伴雪舞"的绝配，就成了我——大概还有许多塞北人雪中抒情的"拿手好戏"。因为，没有比这首歌更能准确表达对塞北皑皑白雪的赞美之意了。

塞北的雪，粗犷豪放，畅快淋漓，极有个性：雪花"开"得大。"燕山雪花大如席"，那是诗人的浪漫。塞北的雪，用白居易的"可怜今夜鹅毛雪"来形容，略觉纤弱；用韩愈的"故穿庭树作飞花"来描述，稍显单薄。倒是清代诗人沈兰的"风麋万片大于叶，乱扑红尘五尺雪"颇有新意，也挺熨帖。但最经典的还得是诗仙李白，"应是天仙狂醉，乱把白云揉碎"。虽常曰"我醉欲眠君且去"，尤能慧眼看懂天仙醉态，妙不可言！降雪"批量"大，往往是"沉阴五日天地闭，冷龙斗败麟甲抛"。连降几日大雪属家常便饭。雪，就那样兀自地下，不紧不慢，无声无息，飘飘洒洒，飞飞扬扬，仿佛诉说着远古的长篇故事，又好像不把漫天浓云撒净不收工似的。积雪厚度大。厚厚的雪如屈尊下嫁的云。千里沃野，积雪半米一米甚至更深，不足为奇。

塞北的雪，大得磅礴，大得坦荡，大得实诚，大得震撼。视野是辽阔的，可满目皆白的大雪会"屏蔽"你的眼球；心胸是宽广的，可浩如云海的大雪能荡涤你的心胸。大雪之下，黑土地垫伏着猫冬，阵阵西北风是它的鼾声，孕育着春天的梦，积蓄着支撑庄稼由碧绿到金黄的能量；大雪之下，树和村庄成为剪影，好似轻描淡写的白描画。看简了，看淡了，大雪道出了人生真谛。大雪之下，房屋不再昂首挺胸、威风凛凛，而是低眉顺眼、瑟瑟缩缩。像一块块炽热的蛋糕，被厚厚黏黏的奶油挤压得苟延残喘。大雪之下，远处的人真的如同张岱在《湖心亭看雪》中所说的"舟中人两三粒而已"。与纯洁如玉的大雪相比，人之渺小，竟何以堪？

赏雪，赏塞北的雪，是一种机缘，是一种享受，是一种奢侈，是一种福分。世界上，能有赏雪"眼福"之人，远比听雨的人少得多，简直不成比例；而即使赏雪，许多人也仅仅是遥看山尖一角，或湖中一隅。"五月天山雪，无花只有寒"，说的是遥看天山雪，近处草连天。那雪，不过是雪中"小令"；"天与云与山与水，上下一白"，倘若透过天水茫茫，放眼望去，也不过张岱眼中西湖那片天地而已。那雪，像是雪中"绝句"，若把这句"名言"用于塞北嘛，那倒是再恰当不过。而"千里冰封，万里雪飘"，除了塞北，哪里还有如许景色？那是雪的浩瀚长篇，"孤篇冠全唐"！

不过，欣赏塞北雪原那延展着的玉脂冰肌，不要贪得无厌哦，会导致"雪盲"的——紫外线灼伤，轻则流泪不止，难以睁眼，重可致盲。顺光或"惊鸿一瞥"尚可，或戴上墨镜。

不怪南方朋友来塞外赏雪、滑雪，当真妙趣横生，乐不思蜀。许多人"一跤跌到童话里"，顺势重拾起童年旧梦。而能在山顶顺势滑下，如激流飞电，似展翅翱翔，雪，又成为托举梦想的纸鸢，那样轻的物质承担起那样重的躯体，让无翼之人，享受飞翔之趣。啧啧，神奇得不可思议！

如同对唐诗宋词，我往往只记住诗眼和佳句，对《我爱你，塞北的雪》，我也常喜欢唱第一句。我觉得，涵盖了那么丰富的内涵，仅此一句，足矣。

我爱你，塞北的雪。你是挂历的扉页，揭开一年的幸福光景，揭开人们辛勤劳作，充满希冀的序篇。

我爱你，塞北的雪。你洁白无瑕，淡泊宁静。而在内心，则孕育着大美的春绿秋黄，鸟语花香。

我爱你，塞北的雪。你是我七彩故乡的第八彩，你是我生命诗篇的漫漫书笺，你是我心中最美的歌。

我爱你，塞北的雪。你是我的童年，纯净，坦荡，那是真正的阳春白雪啊。它鞭策我，洁身自好，永葆雪一样的初心。

塞北，一个含有诗意的词，不过，哪儿是塞北呢？古代为长城边塞以北，泛指北方。其实，广袤无垠的黑土地上，城市，都是"雪城"，乡村都是"雪乡"。

而"冰城"哈尔滨呢？冰雪在这座城市里，即是文化，又是艺术；即是金山，又是银山。

（原载 2021 年 1 月 13 日《哈尔滨日报　太阳岛》本文有删改）

雪花那个飘

雪花,哈尔滨花期最长的花。

雪花,是从天上飘下来的,那句歌词"雪花那个飘",熟悉、亲切。

雪花飘在了"冰城",便有了个性,便热烈起来,便有了情趣,便有了诗意,更有了比诗意更浪漫的情谊。

2023年12月22日,第25届哈尔滨冰雪大世界自敞开大门起,"冰城"哈尔滨便进入了"冰雪节模式"。身在"世界"之外,心思和目光却时刻关注着"世界"里的缤纷和艳丽——借助手机小视频这个"世界之窗"。欣赏八方来客"冬天到北方来看雪",感受冰雪世界的神奇;我则每每被一些故事所感动。

来到"冰城",南方游客第一感受该是对冬天的触摸,对四季的认识。哈尔滨的四季,绝对是对书本上四季的正确诠释,没有丝毫的形式主义成分。而"冰城"与"夏都",则是哈尔滨冬、夏的最佳去处。好似太极图,构成哈尔滨厚重的城市内涵。或许还有些"学问"：如果在夏天，称自己来到了"冰城"，大概和冬天里，说自己来到了"夏都"，同样贻笑大方。

一位南方游客在用衣袖接到的雪花上，读懂了雪花的六角，这是雪花的"形"。雪花的均匀，雪花的对称，雪花的圣洁，雪花的纯真，则是雪花的"神"。还有雪花的严谨，可谓一丝不苟，可是雪花的性格？不然，冬至夜、圣诞夜、新年夜雪花的如期而至，做何解释？

这些飘飘洒洒的雪花，飘到了"冰城"，便有了归宿。这里，才是它们的"家"——冰雪大世界；才有了它们的欢乐——冰雪节；才有了它们的舞台——太阳岛雪博会；才有了它们艺术的化身——活灵活现的雪雕"小白龙"、顶天立地的雪雕"青花瓷瓶"，那么多精美的冰雪艺术品，现身于冰雪大世界、太阳岛雪博会、兆麟公园冰灯游园会的"展台"上。而无处不在、冰清玉洁、高高大大、富富态态的"雪美人"，或羞怯、或端庄、或欢乐、或顽皮地静候在江畔、街心、路旁，等待与前来打卡的游客"同框"。

如期而至、"天上飘来"的还有四面八方、遥远的、可爱的南方宝宝，如同天使，落在"冰城"。这里是他们的"诗和远方"，更是他们的家。许多从未见过雪的游客，舷窗里瞥见白雪皑皑的北国风光，已是"哇"声一片。把"千里冰封""万里雪飘"的神韵，从书本中，移到了眼前真实的世界上。才理解了银装素裹、纯净世界的博大和震撼。游览冰雪大世界、太阳岛雪博会和"冰城"美景，方晓得冰雕雪塑、冰雪艺术的魅力。

把雪地当成画纸，用身体在上面作画；雪窝里的"高台跳雪"，接受比水还柔软的撞击；冰滑梯上的风驰电掣，惊叫声未落，已身处"一站地"开外；滑雪场上的高坡速降，体验雄鹰的凌空翱翔。简直嗨翻了！

灯光雪影里的中央大街，浪漫而温馨，亦真亦幻；马迭尔冰棍伴着阳台音乐，为"冰城"和"音乐之城"融入一种新奇享受；摩肩接踵、彩灯辉映的欧式建筑，文艺复兴、巴洛克、古典主义、折衷主义、新艺术运动风格建筑们恭立街旁，夹道欢迎远方的宾客；不夜之城的中央大街，风情万种的欧陆风情，使人惊奇，使人迷惑，不知身在"东方莫斯科"还是"东方小巴黎"。

圣·索菲亚教堂台阶前盛装拍照的游客，络绎不绝，三步一"女王"，五步一"公主"，这里成了展示美丽的梯形台。圣诞夜，圣·索菲亚教堂广场上空飘来了雪花。玫瑰色的灯影里，喧嚣一天的鸽子哨音已远，台阶上拍照的"女王""公主"们留下的倩影已为雪幕所遮。这世界静啊，静得能听到雪花飘落的声音。

无处不在的红衣红帽的"圣诞游客"和白衣白帽的"白雪公主"，组成真实的童话场景。人们在这里，回到了童年记忆中的童话世界，享受着童话氛围和童话人物的感受，各种珍贵的表情包被摄入镜头，成为一生的自豪。

一位游客的话令人触动："我从没有看见过雪，如今仿佛来到了另一个世界。"是啊，此生不再遗憾。一位女孩儿瞪大眼，张大嘴，仰望夜空，只为让雪花飘入"心灵之窗"和口中，将其珍存于内心深处。一对情侣，相拥相伴，凝望遥远天穹纷飞的雪花，激动万分。女孩的话，令人泪目："我太幸福了！""我从没见过这么大的雪！"说罢，泪流满面。是啊，在遥远的"冰城"，在圣·索菲亚教堂广场，在情侣的身旁，在飘雪的夜色里，她顿悟了纯洁爱情的真谛。

广场上的人们，仰望夜空，久久凝望，看雪花在空中徜徉、舞蹈、飘落，是在欣赏？是在祈愿？还是发出灵魂的终极拷问："我是谁？""我从哪里来？"

雪花，是水的艺术化身，源自大自然的鬼斧神工，该是怎样的精雕细刻，竟是这般的精致唯美、晶莹剔透和纯洁无瑕。德国大文豪歌德这样看："人的灵魂／像水／它来自天上／又升到天上。"如此说来，天上飘来的雪花，应是纯洁的灵魂。

雪花飘舞的日子里，远方的"白雪公主"们享受着热气腾腾的铁锅炖，人声鼎沸的早市。在欧陆风情的"冰城"，她们看到了真，看到了善，看到了美，看到了冰雪世界充满了爱。

雪花飘落在"冰城"，很暖。"白雪公主"们感受到，"冰城"的人，更暖。

天使们，又将这冰雪世界的温暖雪花般撒向世界。

通过天使们的"慧眼"，哈尔滨也重新认识了自己：抗战十四年的前赴后继，解放全中国和抗美援朝的英勇牺牲，共和国长子的艰辛创业，长期为国家建设默默无闻的无私奉献……还有欧陆风情的景色之美和"大气、洋气、豪气"，尤其骨子里淳朴、善良、真诚、直率、包容的品质。

雪花那个飘……

南方"白雪公主"们从中看到了童话般的童年。

哈尔滨从中看到了自己的初心。

（原载 2024 年 3 月 4 日《哈尔滨日报 太阳岛》本文有删改）

"夏都"

"哈尔滨的夏天多迷人"的浪漫之美

江畔夕照

画，色彩拼成的世界。

世界，色彩拼成的画。

夏日黄昏，松花江畔，火红的夕阳恋恋地踱向不远处的地平线，染红了宽阔的江面。一条红色缎带，沿江岸漂下来，浸染了脚下的堤岸、船舷。不知是否察觉到，你本人也被这匹红缎，包裹成江畔景色的一部分，在别人的照相机或手机里，留下优雅的倩影。

此刻，夕阳似纯情少女，娇羞温存，与你亲近。

此刻，你与夕阳近在咫尺，只隔一个镜头的距离。

堤岸刚毅肃穆的面容，忽地温柔起来。漫漫长堤被红色台阶壁截成数段，浮雕般凸起，蔚为壮观。堤坝林荫路上的老树们舒展腰肢，高举手臂，沐浴暖意。逆光让这些树木身影漆黑，一枝一蔓，轮廓清晰。宛如手指的枝丫间透出的夕阳，像极了金戒指上镶嵌的红玛瑙。

巍峨的防洪纪念塔被涂上了"金身"，俨然成了金红色"宝塔"。跨江大桥，变身为一串"彩虹桥"。飞过来、飞过去的银白色动车，如同丘比特的爱情之箭，射向彩虹里。悬在空中的索道和缆车，如同写在蓝色五线谱上移动的音符，是美国著名作曲家格什温那一曲爵士风情的《蓝色狂想曲》吗？曾在江畔夕照下，乘坐空中缆车赏落日，把自己放飞到夕照的上方。第一次低头看身下黑土白水间一轮红日，缓缓向松花江来处滚落，温馨可爱至极。才觉得，夕照和太阳是两回事。差别呢，形，多一个"霞"字；色，多一个"赤"字；意，多一个"情"字；境，多一个"幻"字。落日熔金，一定要有江水，才能稀释夕阳依依的情怀，才会把一江碧水沸成金光一片。分明是把江水镀上一层厚厚的金箔，江流似因"含金量"而凝滞。江鸥点点，在身下的辽阔江面遨游，分不清是在空中还是水里。有几只，干脆"坐"在水面上，欣赏夕照。

远处，银色的哈尔滨大剧院忽地改变了属性，放着金色的光。这白天是银、黄昏是金的曼妙身姿，更加妩媚迷人。

夕照的步履蹒跚，城市的肩膀，随夕阳的脚步，晃了又晃；喧嚣了一天的城市，把噪音压低，低成了静音；摩天大楼们放下笔挺的身姿，为缓解一天的疲劳，悄悄把身子在地上伸展，伸展，直至伸到暮色里；辛劳的人们也把紧张的心情，放归自家的乐园；夜生活的帷幕，刚刚拉开半扇……

此刻，江水微醺，凝脂；

此刻，世界静寂，恬淡。

只有江畔夕照，兀自默默延展画卷。

一幅宽幅长卷的彩色"江畔夕照图"。

可惜，我不是画家，没有画家的慧眼和技艺。只是觉得眼前的景色，美，美轮美奂。这是怎样美的一幅名画啊！我猜测，油画恐难以细致入微，国画的写意似也不适合，当是工笔重彩好些？这美景，怎样渲染都不为过。

夕阳，有时是一颗鲜红的印戳。有时像一枚鸡蛋。仔细瞅瞅，仅外面很大的晕圈，就包含了从绯红到深红多少重颜色。而包含在里面的，是大大的如同鸡蛋黄一样的黄得发白的"日心"，且放射着耀眼的光芒。

夕照中的江水，忽而，"天际霞光入水中，水中天际一时红"；忽而，"一道残阳铺水中，半江瑟瑟半江红"；忽而，"万顷碧波随地滚，千寻雪浪接云奔"；忽而，"霞低水远碧翻红，一棹无边落照中"。

偶或，"云意不知残照好，却将微雨送黄昏"。一阵微雨过后，彩虹桥上的天空，会出现一道彩虹，让天空不再空。拢着如练碧水，流向仙境。偶尔，会看到不常见的两道彩虹。"忽惊暮色翻成晓，仰见双虹雨外明"。这稀见的景色，魅力无限。明白人知道，第二道彩虹称作"副虹"，学名为霓。与虹常组词霓虹。其颜色，同为赤橙黄绿青蓝紫，却是相反方向排序。如此说来，彩虹就有了性别，也一定会有爱情。夕照、彩虹，松花江，此时是一阕词——《满江红》。"望斜日夕照，渐沈山半""烟漠漠，波似染""暮雨初收，长川静，征帆夜落"。据说，"满江红"

这一词牌名在唐代时，就叫"上江虹"。

漫步在江畔夕照里，江水寂寂，长堤默默。可以举起手机拍照，留下这美妙时刻，留待空闲时欣赏；亦可什么都不拍，专心细致地看，欣赏，品味，体验，联想，把眼前美景印在心灵的底片，留待空闲时回味。可以施展出全部才华，浮想翩翩，用世间最美的词汇赞美这醉人的浪漫景色；亦可什么都不想，就这般让夕照霞光牵着你的手，沿着诗情画意的松花江畔，曼妙轻盈地徜徉……

（原载 2022 年 7 月 14 日《哈尔滨日报 太阳岛》本文有删改）

本文获"2022 我爱哈尔滨"主题征文大赛一等奖

品"夏都"

哈尔滨，有诸多令人炫目的美名，随口就会"溜达"出一串……

名字多，说明这座城市特点多，优点多，景点也多……

但名字多，也易使人浮光掠影，不求真意。比如"冰城""夏都"，分明是两座风格迥异城市的特征。"冰城"神奇的景色，冰雪的刺激，尤其让冰雪艺术、冰雪运动爱好者"如饥似渴"，渴盼这里的冬天。与之相比，似乎对"夏都"的渴望度就不那么强烈了。毕竟，到处都有"漫长炎热的夏天"，何况那些连冬天都能洗海水澡的南方。

不过，"夏都"就是"夏都"。不仅仅是漫长严冬过后的阳光明媚，也不仅仅是夏日江畔的清风怡人，还是"树青水碧漫丁香，风物妖娆竞华章"的景致和文化——把夏天当作节日来过的消夏胜地。

读懂"夏都"，可分境界。一曰"赏"；二曰"尝"；三曰"享"。

赏"夏都",多为"初相见"。兴高采烈,目不暇接。赏不完的欧陆风情,阅不尽的"西洋美景"。"东方小巴黎""东方莫斯科"嘛。处处洋气,处处新鲜。

尝"夏都",则进一层。尝不完的"洋荤"土特产,风味迥异的南北大餐。于豪饮之间,抒凌云之志。美食、美景,饕餮盛宴。

享"夏都",则需深得城市"秘籍"。良辰美景,空气清新,避暑消夏,心怡神逸。修身养性,习字读书,探亲访友,谈情说爱,真真的避暑胜地,消夏天堂。

此"三界"之上,另有品"夏都",当属最高境界。一个"品"字,蕴含无穷奥妙,万般情趣。此乃与"夏都"的"神交",不枉"夏都"美名。

夏日里,时常把自己当作"游客","信马由缰",漫无目的,"朝拜"那几十年来,看也看不够,品也品不完的城市风情。而且,常会有意外发现,莫名激动。

一入"夏都",便有丝丝缕缕的幽香浮动,悠悠袭来。在美丽的太阳岛,在丁香公园,在街路两旁,在校园小区,把花冠高高举过头顶的丁香花,无处不在,无花不香,花团锦簇,热情奔放,持久而坚韧,真诚而热情,把一座城市迷醉了。细细品来,谁能不醉在其中呢?你会恍然大悟:噢,这是丁香花的"脸书"在说:"丁香之城"——"夏都"欢迎您!

漫步松花江畔,品那一泻泓波荡开天地辽阔,两岸妖娆捧出水碧天蓝,清风送爽,入我怀来,让人精神为之一振。一时暑气尽消,杂念遁逝,心情舒畅,超然界外。顾乡公园、九站公园、斯大林公园、道外沿江公园——"沿江公园带"

承载了一座城市的欢欣和浪漫，吸引了多少人在这里健身、旅游打卡、聆听音乐、琴棋书画、谈情说爱……任谁也会浩荡诗情，油然而生。"江沿儿"，是哈尔滨城史的"结绳"，记载着百多年的浪漫历程。

伫立防洪纪念塔下，凝神品味：罗马柱环廊张开臂膀，把游客惊艳的目光尽揽于怀；被称作"天使"的科林斯柱柱头花朵，讲述着建筑艺术的古老渊源；广场上道道散射的线条，记录着太阳走过这座城市的足迹。塔身浮雕上24位抗洪英雄人物，栩栩如生。上面还有令人尊敬的老市长吕其恩呢。每次瞻仰，都心生敬意。仔细观察，塔的上端有四种抗洪人物形象代表，正面是工人、士兵和知识分子。后面是码沙袋的农民。据一位参加防洪纪念塔设计建造的专家回忆，雕塑那位女知识分子时参照的模特，是体校的一位女运动员。怪不得那么有精气神。岁月留痕，那么，谁又是岁月呢？

徜徉在中央大街，在"面包石"叮咚回响的历史里，细品排列街路两旁的欧式建筑，如同欣赏打开的彩色画册。怎么就文艺复兴了呢？怎么就巴洛克了呢？怎么就古典主义了呢？怎么就折中主义、新艺术运动了呢？松浦洋行——那座著名的巴洛克建筑，擎天之神就那般尽职尽责地日夜守候在门楣之上，舞姿翩翩的花朵雕塑在窗口上方飞来飞去，你会想起巴洛克音乐代表之一——维瓦尔第的小提琴协奏曲《夏》，那夏日晴空里飞来飞去的美妙音符。只是300多年前，这位红发神父不知道遥远的东方有座城市叫"夏都"。

伫立圣·索菲亚教堂广场，领悟什么是拜占庭建筑艺术，细细品读直指蓝天的"洋葱头"墨绿色穹顶，每个窗檐都留有通向天堂的出口。里面高耸宽敞的大厅，天使们在天穹间振翅，信众在仰望里寻找灵魂的高度。遥想伊斯坦布尔的圣·索菲亚大教堂——拜占庭建筑艺术的鼻祖，聆听身边远远逝去的曾经与之遥相呼应的钟声，世间该经历了怎样的风风雨雨？

喜欢在夕阳下隔江遥望哈尔滨大剧院，此时，大剧院褪去银妆，放射着金色的光芒。耳畔，不由自主地响起悠扬悦耳的音乐之声。品吧，"音乐之城"的"哈尔滨之夏音乐会"，那是另一种城市"滋味"。

绿树掩映的太阳岛，掩不住的，是往昔城市的浪漫与青春年华，更有说不完的峥嵘岁月。仅仅"品"已经不够了，还有那么厚重的回味、感慨和幸福的回忆。

夕阳西下，美丽江畔，美不胜收。留恋的夕阳就那样走走停停，任人欣赏，任人细品。你可以屏气凝神，于天高江阔间，天马行空，放飞灵魂。可以想到一首诗，也可欣赏这幅画，或者哼出一段旋律，或者编织一个梦，把这"夏都"的辉煌铭刻心间，永生相伴……

"夏都"的景致，品不完，赏不尽。不仅"高大上"，且博大精深。在这里，随时可与高雅"谋面"，与文化"叙谈"，品味一番，感悟一番，这是一种"文化幸福"啊。

晓得品味，方有品位。

（原载2021年8月2日《哈尔滨日报 太阳岛》本文有删改）

"夏都"的夏

回想2022年的夏,很可怕。

"厄尔尼诺",一点儿也不"圣婴"。持续超历史纪录的高温,佐以持续燃烧的山火,空气的热浪伴着海水的热浪(有的地方海水也升温),地裂草枯,让世界忍受着"一轮红日贴中天,乾坤如火然""万国如在洪炉中"的煎熬。酷暑的"酷",真残酷,简直要酷"毙"了。

缓过神来,才发现,上述种种,都是电视里的节目。只有感慨,没有感觉。因为,身在哈尔滨,享受着"夏都"的夏的舒适。而外地来哈游客量激增,他们来"消夏"——"夏都"的夏,从中央大街无处不在的欢声笑语中,可领略一二。

也才知道,"夏都"的夏,与世界上许多地方的夏不是一个概念。什么"酷暑猛如虎""炎热桑拿天""炎曦烁肌肤""身热汗如泉",与"夏都"关系不大。而在南方游客的眼里,"夏都"的夏,更像是唐代大诗人白居易笔下的"三伏炎天凉似秋",简直就没有南方真正意义上的夏嘛。

倘若把夏天分出舒适享受等级,哈尔滨应名列榜首吧?

也才明白,"夏都"之都,虽不是"皇都"那样的显赫尊贵之都,但也绝对是具有"皇都"魅力和吸引力的梦幻之都,消夏避暑胜地。

也才懂了,"冰城""夏都",不但是哈尔滨风景迥异的两个雅名,而且是冬有冬的美,夏有夏的魅。两个主题,相互衬托,交织演进,形成慷慨激昂、曼妙轻柔的"冰城""夏都"交响曲。明白的游客看懂了,到哈尔滨旅游,需来两次,一次游"冰城",一次品"夏都"。不然,就不算真正懂得哈尔滨。

也才悟出,"冰城""夏都"还是一个偏正词组,意思是"冰城"的"夏都"。于是,气爽风柔,舒适宜人等等有关"夏都"的夏的词汇,就顺理成章地被人理解并成为切身感受了。"夏都"的夏,就有了另一个境界。

"夏都"的夏,一大人文景观,便是松花江畔防洪纪念塔下的临江台阶上,那里每天都有大量游客,或结伴、或成群、或独自、或全家,长时间静静地坐着,凝望、沉思、低语、赋闲。许多人不明白,这是在做什么?不怕热、不怕晒吗?

如果没猜错,那是在品"夏都"的夏。

人们在回味:多么神奇。在南方,暑热如蒸,汗流浃背。登上飞机。一觉醒来，下了飞机，魔术般来到另一个季节。或者逃离炎热，搭上动车，在空调的舒适中尚未过瘾，便来到有更大"空调"的"夏都"。那种清爽和惬意，由始至终，如影相随。

人们在感慨：中央大街，人潮涌动，却凉爽怡人，如清凉长廊。有树荫遮阳，有冰糕冰棍送凉，还有那么多赏心悦目的欧式建筑静穆相迎，让人感到沁心的凉意。建筑艺术广场上，圣·索菲亚教堂巍峨典雅，凝重高耸，令前来打卡的游客身心肃然，清澈如水。松花江畔的防洪纪念塔，张开双臂，将远方而来的八方游客拥入怀中，送进江风江水江鸥江天的大背景，彰显"夏都"的真诚、挚爱。

人们在遥望：江对岸美丽的太阳岛，羞怯地掩身于草丛深处，让人浮想联翩。夏日里，提起太阳，许多地方的人立马会想到骄阳似火。而在"夏都"，太阳岛是一个提起名字耳畔就会想起歌声的"启动键"："明媚的夏日里天空多么晴朗，美丽的太阳岛多么令人神往。"让人觉得心旷神怡，凉爽了许多，也年轻了许多。

缓缓东去的松花江水，如同"夏都"人的性情，温文尔雅，气定神闲，悠然自得地流向远方。白鸥点点，上下翩跹，为游客表演着空中或水上芭蕾。抑或是江上的诗句，抑或是水上的音符，细听，仿佛能听到那熟悉的旋律："浪花里飞出欢乐的歌"。偶或会飞溅出几句经典："哈尔滨的夏天多迷人……"

"夏都"之夏，无须避暑，只有"消夏"。阳光下，清风里，人们在江畔，或倾情歌唱，歌唱"天鹅项下珍珠城"；或琴棋书画，在清爽的日子里，怡然自乐；有"哈尔滨之夏音乐会"为"夏都"的夏提升品位；有"哈尔滨啤酒节"为"夏都"的夏送来微醺。

"夏都"的夏，更显欧陆风情的妩媚。城市里无处不在的各种风格的欧式建筑，把"东方莫斯科""东方小巴黎"的神韵尽展游客面前。如果喜爱欧陆建筑艺术，那就找着"知音"啦，哈尔滨不但是"建筑艺术博物馆"，还是西方建筑艺术教科书，你会在此修完西方建筑艺术史的课程。有一个时髦的"最聪明旅行者的标准"，即：走最少的路，看最多的不同。夏天，来到夏都，你可看遍欧洲建筑艺术风格，这是欣赏欧式建筑艺术风格的最佳时段。

"夏都"的夏，还是老哈尔滨人心中难以释怀的情结。过去，每当周末或节假日，人们相约来到美丽的太阳岛，承袭了俄罗斯在哈侨民的传统，用哈尔滨特有的词"野游"，囊括了江上泛舟、中流击水、聚餐饮酒、唱歌跳舞、畅叙幽情、谈情说爱、沐浴阳光等种种浪漫情结。这一传统在俄罗斯侨民离哈后，一直持续了几十年。其中奥秘，缘于"夏都"夏日里，太阳岛的太阳温和平顺，从不烈日炎炎，更不毒辣灼人；江风轻柔，沁人肺腑；辽阔江天，水流平缓。更诗情画意的浪漫，都写在《太阳岛上》的歌词里："带着垂钓的鱼竿，带着露营的篷帐""小伙们背上六弦琴，姑娘们换好了游泳装……我们来到了太阳岛上"——这都是当年的真实录影。

辽左散人（刘静严）在1929年出版的《滨江尘嚣录》中写道："东坡所谓天地之间，物各有主，唯江上清风，与山间明月，取之不尽，用之不竭，是造物者之无尽藏也，盖深得山水之乐趣者焉""当斜阳返照，渔歌唱晚之际，果携妻孥或二三知己，买舟放棹，把酒临风，仰望太空，俯瞰流水，清风明月，入我怀来，幽情逸致，不觉胸襟为之一阔。"临江消夏，风光无限，一幅老哈尔滨的明信片。原来，早期哈尔滨的夏天，就如此诗情画意。

只是，当时还没有"夏都"这个雅名。

（原载2023年8月11日《哈尔滨日报 太阳岛》本文有删改）

年年花发满城香

"哈尔滨的夏天多迷人"。这泛着一串串美好记忆浪花的歌词，道出了"夏都"妩媚的魅力。随着岁月的积淀、酝酿，愈发散发出浓郁的芳香。

"夏都"哈尔滨，听起来，尊贵气十足；看起来，洋里洋气；而闻起来呢？馥郁芬芳。这座城市的夏日里，处处弥漫着淡雅的芬芳——丁香花香。借用唐代诗人杜牧《经古行宫》中"年年花发满山香"之意，可谓"年年花发满城香"。

丁香花——哈尔滨的市花，戴在"夏都"头上的桂冠。

北国的春天，总是那么扭扭捏捏，犹犹豫豫，扭着"秧歌步"，走三步，退一步，迤逦而来。待到丁香"一树百枝千万节"时，春天就真的来了。

路旁、街角、庭院，随处可见丁香雅致悠闲的身影，一丛丛，一行行，绽放"向人微露丁香颗"的笑意；松花江畔，是丁香播种爱情的温馨长廊，撒满"江路香风夹岸花"的芬芳；那么多的丁香主题广场，铿锵着幸福的节奏，丁香是"广场舞"中不知疲倦的"主角"，展示"丁香绽放千枝秀"的舞姿；太阳岛丁香园、群力丁香公园、丁香科博园、兆麟公园丁香园、哈尔滨文化公园丁香园、森林植物园丁香园……无处不在的丁香园，荡漾着"一树繁花万卷诗"的诗情画意。"夏都"哈尔滨，就是一个大丁香园。而骄阳下赏花人流的花裙子、花阳伞，百般红紫，是流动的丁香花，在园中竞相吐露芳菲。满城的丁香花，如同戴在城市头上花色花香的花环，默默为美丽年轻的"夏都"加冕。

像哈尔滨拥有许多赫亮的名字一样，被誉为"天国之花"的丁香花，也有许多优美俊俏的名字：百结、情客、紫丁香、洋丁香等。那么多普普通通的品种名字，构成一个馨香馥郁、姹紫嫣红的花的世界。紫丁香、白丁香、红丁香、小叶丁香、毛丁香、什锦丁香、佛手丁香、暴马丁香……据说，世界丁香花诸多种类中，哈尔滨市占了大半。而标着地名的品种，北京丁香、辽东丁香、欧洲丁香、中华黄花丁香等，如同哈尔滨人的构成，有沿中东铁路"舶来"的，有从关东大道"闯"来的，有随"动力之乡"建设"分"来的，有从四面八方"聚"来的……哈尔滨人的口音，在大半个世纪前，是极具情趣的"南腔北调""土洋杂糅"。

丁香花的颜色，却是极简的。紫色、白色、红色为主，"百般红紫斗芳菲"。白丁香花是雪花的姊妹，红丁香花是热情的火焰，最著名的紫丁香，是花中贵族。而鲜为人知的，是丁香的根、茎可入药，可作香料。你不觉得丁香花的芬芳像极了薰衣草么？抑或薰衣草的芬芳像极了丁香花？

丁香花之美，与多数花朵不同，不是以花朵的大、娇、艳、丽为荣，而是柔枝千结、细瓣微露，幽花梳淡，繁花似锦，如霰雪铺檐，幽絮锦簇，"冷垂串串玲珑雪"，美得含蓄，美得典雅，美得虚幻，美得缥缈。

丁香花之香，是花中香气最文雅，最含蓄，最幽深，最舒缓的。不直白，不裸露，不强劲，不妖气。外朴而内秀，幽香而馥郁。"淡香亭外花无数"，描摹出如画的景致；"晚树幽花委曲香"，道出了内敛的性情；"弄花熏得舞衣香"，夸赞而不落俗套；"花事欲动香相引"则是写出了诗一般的意境。

丁香花，高贵，儒雅，谦和，淡泊。无意争春，不妒群芳。人赞"花中君子"。象征友谊、爱情、纯洁。

不解的是，古人在诗中多赋予丁香花忧郁、愁苦的形象。"芭蕉不展丁香结""丁香空结雨中愁"，悲悲切切，哀哀怨怨。以至于现代诗人戴望舒一首《雨巷》用丁香来比喻一位"忧愁""彷徨""哀怨""惆怅"的姑娘。此后，丁香花在一些文学作品中，也难以逾越一个不可理喻的框子。

浪漫的法国人认为，丁香花开时，是气候最好的季节。丁香花，象征年轻人纯真无邪的初恋和谦逊。

以忧郁性情著称的俄罗斯民族，其代表音乐最高水准的音乐家柴可夫斯基，在他创作的被誉为"19世纪芭蕾百科全书"的芭蕾舞剧《睡美人》中，成功塑造了紫丁香仙女——善神西连妮正义、善良、智慧、勇敢的形象,并作为舞剧的主线,贯穿故事全程。从此,人们把王子吻醒公主的浪漫化作了至高无上爱情的典范;而紫丁香仙女,则使紫丁香花登上了艺术形象的巅峰,经久不衰。曾经"挑剔"地欣赏芭蕾舞剧《睡美人》中紫丁香仙女的舞蹈,从任何角度无论如何也看不出有半点忧郁和哀愁。

作为市花,丁香花很大程度上代表了哈尔滨人的性情。那就是含蓄、谦和、大气、洋气;而在内心深处,却又蓄满善良、包容、智慧、豪爽的正能量。

这,也正是哈尔滨这座城市的精神所在。

(原载2019年5月29日《哈尔滨日报 太阳岛》本文有删改)

太阳岛，你在哪里？
——太阳岛浪漫"三部曲"

"太阳岛，你在哪里？"

当年，郑绪岚一曲《太阳岛上》红遍大江南北，一时间，无数游客慕名来到太阳岛。但是，许多人站在太阳岛上，几乎问着同样的问题："太阳岛，你在哪里？"不仅外地游客懵懂，满脸疑问，就是现在的许多哈尔滨人，也说不清楚。

"太阳岛位于松花江铁桥之西侧，隔江与道里相望，面积四方里。其上有饮料馆数十家，并无可足录之风景，惟以位于江心，独得清凉之气，故夏季炎热之时，遂成为游人避暑之地矣。"上述文字，摘自辽左散人（刘静严）著，民国十八年（1929年）由哈尔滨新华印书馆工厂印刷出版的《滨江尘嚣录》（封面副题"居游哈尔滨者之唯一指南"）中的第七章"消遣"的第六节"太阳岛纳凉"。

书中对太阳岛做了详细的描述。太阳岛，确有其岛。在滨江桥西侧2公里，面积4平方公里，位于松花江江心（实际靠近江北岸）。天然的浴场、沙滩、柳树丛。其特点是没有特点，"并无可足录之风景"。细究起来，太阳岛曾经真有一处景点，著名的米尼阿久尔西餐厅——道里区中央大街原米尼阿久尔茶食店的分店。米尼阿久尔，俄文原意为"精美的艺术品"。这座建于1927年的欧式木结构二层楼房，采用现代建筑艺术风格，外观酷似一艘大型客轮，里面能容纳200人同时用餐。坐在明亮的楼上餐厅，举杯畅饮之时，望"舷外"一江碧水滚滚东去，仿佛客轮在逆流西上。清风送爽，歌声相伴，诗情画意、浪漫情调溢满胸间，好不惬意。从哈尔滨老明信片中，可看到俄罗斯泳装女神们在这个西餐厅前留下的倩影。餐厅新中国成立后改名为"太阳岛餐厅"。1997年毁于大火（现哈尔滨伏尔加庄园原样复制了米尼阿久尔餐厅）。

那么，太阳岛是怎样的来世今生呢？

翻看一张张老哈尔滨地图，就会发现，一百多年来，太阳岛是不断变化的。唯一不变的，是每张地图都明明白白标明太阳岛之所在。

"按图索岛"：1910年时，太阳岛和松花江北岸平行，形似浸在江水里的一条鳗鱼。只是"尾部"被江水吞噬了。到1916年，其"尾部"与西面延伸过来的沙滩连接在了一起。1932年，"肥胖"了许多的太阳岛，更像一个地瓜，完全浸到了江水中。1938年，这个"胖地瓜"一分为二，成为两个"长条地瓜",各自独立。1946年,又汇聚成一个"大地瓜"。1954年,重又分成两个"地瓜",只是都缩小了很多。1959年,两个"地瓜"相距很远,其中一个贴近岸边。1966年,一个"地瓜""登陆"江北岸,与太阳岛公园连为一体,另一块则严重"缩水"。这时,在哈尔滨地图上第一次出现了"太阳岛公园"的字样,那是江北岸深处的大片湿地。随着太阳岛公园的逐步建设和对外开放,老太阳岛渐渐淡出人们视野,"附身"为江北岸的一部分,为太阳岛公园取代。

太阳岛为什么会变身?《滨江尘嚣录》中如是说:"初松花江南北岸,均沙滩广漠,并无定岸,水涨则泛滥成灾,水落则沙滩外露。"日夜流淌的松花江水,就像一把刻刀,雕塑出一个神奇的太阳岛,成全了闻名遐迩的美名;又像一只无形的手,一点点将其推移,归于江岸。

一、欧陆风情的浪漫情调

早年的太阳岛,是旅居哈尔滨俄侨的夏日消夏胜地,是抒发浪漫情怀的大舞台。《滨江尘嚣录》的描述生动、精彩:"夏季酷热,俄侨男女,争相沐浴,皆精于泅泳之术,间有在水中停二三分钟者。其习浴之男女,多扬水为戏,习为快事。自远望之,千百之头,隐隐浮沉上下,犹鸭鹅等水禽之捕食者焉。每浴数十分钟,即登岸,仰卧沙洲之上,以应阳光。虽着尺许之浴衣……桃源胜境,又时觉春色撩人也。华人望见者,多垂头掩面而过,惟彼卧者,仍坦然如故,并作犬吠驴鸣之歌,毫不介意,怡然自得。此之所谓非我族类，其习各异之谓也。吾人以适当江心宜于避暑之雅游地，竟为彼辈之欢乐所，惜哉惜哉。"

这里是老哈尔滨俄罗斯侨民夏季游泳戏水、江上泛舟、沐浴阳光、放声高歌、饮酒欢乐、野游、野浴、野餐的场所。其实，风景还是有的，那就是当年哈尔滨人羞于启目的"西洋景"——俄侨的日光浴。俄罗斯人为什么如此喜爱日光浴？因为受波罗的海气候影响，圣彼得堡每年大部分时间都是阴天，居于圣彼得堡的俄罗斯贵族，十分珍惜平均每年只有80个晴天的日子，把日光浴当成一种超级享受。而"东方莫斯科"夏天的和煦阳光，足以让他们心花怒放。

刘静严虽然对俄侨在太阳岛的做派不乏贬损之语，并将其归为早期哈尔滨奢靡、喧嚣的例证。不过，客观上留下了一段翔实的太阳岛风光史料。

据《滨江尘嚣录》记载，在哈俄侨人口数，1921年为5万人，1925年为92852人。可以想见，每逢夏季周日或节假日，俄侨来太阳岛野游、野浴、野餐人数之多，场面之火爆，无怪辽左散人用"争相沐浴"来形容。直至20世纪50年代，俄侨大批撤离哈尔滨，才结束了早期太阳岛这浪漫的一幕。

二、改革开放的浪漫华彩

然而，太阳岛的浪漫并未因俄罗斯侨民的离去和太阳岛的变身而终结。哈尔滨人秉承了到太阳岛野游、野浴、野餐的"洋风情"。自春暖花开到秋季叶落，每逢星期天或节假日，人们就会携亲带友，情侣相伴，拉家带口，成群结队来到太阳岛。除去"仰卧沙洲之上，以应阳光"部分"失传"外，一切照搬，全面承袭。这也是哈尔滨人不但说着"半拉子"俄语，更有着"半拉子"洋生活方式的与众不同之处。

改革开放焕发了的太阳岛的青春，奏出了华彩乐章的高潮。1980年，中央人民广播电台和《歌曲》杂志社编辑部组织了全国"听众喜爱的十五首广播歌曲"评选活动。在选出的十五首歌曲中，《太阳岛上》和《浪花里飞出欢乐的歌》赫然上榜。由邢籁、秀田、王立平作词，作曲家王立平作曲，女高音歌唱家郑绪岚演唱的这首《太阳岛上》，一霎时回荡在大江南北。太阳岛成了年青一代的梦中情人，也是纷至沓来旅游者"寻宝"的目标。每逢夏季周末或节假日，太阳岛野游高峰时一天最多达十几万人。

与《太阳岛上》《浪花里飞出欢乐的歌》相伴，太阳岛上，港台流行歌曲尤其是邓丽君的歌声随手提录音机四处飘荡；港台流行装束装点着年轻人的青春时髦；集体舞、文艺联欢会、篝火晚会舞动着如火的青春；单位集体野游，家庭聚餐，同学聚会，情侣谈情，朋友叙旧，划船、游泳、喝酒、唱歌，太阳岛成为哈尔滨人的"消夏"天堂。正如歌中所唱："带着垂钓的鱼竿，带着露营的篷帐，我们来到了太阳岛上""小伙们背上六弦琴，姑娘们换好了游泳装，猎手们忘不了心爱的猎枪"，这些，都是当年的情景再现。直至太阳岛完全"归附"太阳岛公园，才结束了这浪漫的"水上世界"。

三、新时代的浪漫交响

2004年起，哈尔滨市人民政府对太阳岛进行综合开发治理。经过长期精心打造，当年的太阳岛和太阳岛公园实现了完美融合，坚固的堤坝束缚着柔美的"腰身"，太阳岛长高了，丰满了，成熟了，漂亮了。88平方公里的大太阳岛旅游风景区已是全国著名的5A级风景名胜区，太阳岛的名字更加响亮。

"美丽的太阳岛多么令人神往"。太阳岛，哈尔滨欧陆风情"一枝独秀"的人文景观，一种东西方文化交融、沿袭传承的城市文化，一段令人难以忘怀的浪漫记忆，更是一首婉转跌宕、荡气回肠的青春之歌。

当你徜徉在风光旖旎的太阳岛，欣赏着姹紫嫣红盛开的百花，聆听着优美迷人的歌曲《太阳岛上》，回味着太阳岛当年的浪漫故事，还会问"太阳岛，你在哪里"吗？——太阳岛，在被江风吹远的浪漫岁月里，在被江水冲刷抚平刻痕的年代里，在几代人留下美好青春年华的美好记忆里，在每个老哈尔滨人的心里。

如今，太阳岛浪漫曲已由"小调"变身为"大调"，以更加浪漫的曼妙高雅伴着那首《太阳岛上》，恭候着来自世界的慕名者。

（原载2023年9月12日《哈尔滨日报　太阳岛》本文有删改）

"我们来到了太阳岛上"

"我们来到了太阳岛上！"

记得这句歌词吗？您一定会脱口而出："这是源自赞美太阳岛的歌曲《太阳岛上》啊。"是啊，这首歌是哈尔滨旋律中的风景，哈尔滨人的骄傲。

1980年，中央人民广播电台、《歌曲》杂志社编辑部联合组织了全国"听众喜爱的十五省广播歌曲"评选活动。赞美哈尔滨的《浪花里飞出欢乐的歌》《太阳岛上》榜上有名，并在全国广泛传唱。太阳岛从此名声远播。《太阳岛上》歌曲创作者王立平、歌曲演唱者郑绪岚也因此成为"哈尔滨荣誉市民"。

作为积极参与投票的哈尔滨市民和歌曲爱好者，尤其作为哈尔滨人，为此自豪不已。特地汇款到中央人民广播电台，购买了制作精美、能够折叠、五颜六色的歌篇。从此，精心收藏，并常常翻阅。

快40年了，这歌篇已成为一部"史书"。

"我们来到了太阳岛上"，这句反复唱了两句的歌词，既是主题，更是"歌眼"。

不知是否有人想过，来到太阳岛上，干什么？

当然，歌中已经唱到了，小伙的六弦琴，姑娘的泳装，垂钓的鱼竿，猎手的猎枪。还有呢？还有没有唱到的，树荫下野餐，沙滩上浴阳，波涛里泛舟，江水中戏浪，恋人的月光，心灵的释放。

经常有人问起，怎么会有猎枪？当年，哈尔滨话剧团首演的话剧（后拍成同名电影）《千万不要忘记》里面的丁少纯，就是一位穿着高领绛红色绒衣，经常到太阳岛打野鸭子的帅哥。如今的太阳岛，不仅有野鸭子，还有许多保护动物。只是，猎枪也成了"保护对象"。

每个哈尔滨人都有自己心中的太阳岛，都有太阳岛上美好的经历和难忘的记忆。远比歌曲中唱的丰富得多，生动得多，浪漫得多。那是一个年代，那是一段岁月。太阳岛是城市里的大自然。张开双臂，拥抱前来更换空气，更换心情、更换脑筋的人们。野游，野浴，野餐，不仅仅限于野外之意，更是放下身价，放松心灵，放浪形骸，可劲"野"上一番，融入天人合一的境界。来到太阳岛上，西服革履、衣冠楚楚会被认为"精神系统值得探究"，反而没人嫌你奇装异服或穿着暴露，没人嫌你喝酒时大呼小叫、尽声喧哗。总之，来到太阳岛上，能够让人卸下城里的"盛装"，回归自然的本性。

于我而言，来到太阳岛上的经历，与青春同步，与太阳岛共成长。改革开放之初，我们正年轻，太阳岛正年轻。几十年来，太阳岛是青春的伴侣，青春的见证，共同留下了一段难忘的激情岁月。

20世纪80年代初，《太阳岛上》歌曲传唱之时，有幸参加了市团校和"青年之家"筹建的义务劳动。和同伴们扛着铁锹，唱着《年轻的朋友来相会》，松花江公路大桥尚未兴建，乘船过江，到太阳岛深处，锄草，清理垃圾，平整场地，植树。"幸福的生活，靠劳动创造""美满生活需创造，幸福生活靠勤劳"这是当年青年人的一种追求，更是一种美德。哈尔滨的团员青年是有着光荣历史和传统的。江畔那座展翅飞翔的飞机造型的青年宫，就是全市团员青年通过义务劳动集资建造的。为此，朱德委员长亲自为青年宫题写了"哈尔滨青年宫"几个大字。

市团校和"青年之家"建成后，太阳岛成为青年人的乐园。各级团委举办的各种培训班接连不断。每到夜晚，篝火晚会，青春歌会，集体舞会，诗歌朗诵会，让星光璀璨的太阳岛夜空辉煌灿烂。当时的团中央书记还专程来太阳岛，视察市团校和"青年之家"，看望在岛上参加集体舞会的团员青年。

印象最深的，是曾参加了团市委在太阳岛举办的基层团干部运动会。各种轻松新颖的友谊赛，增进了基层团员青年的情谊。那天，恰逢日全食，仿佛也来太阳岛凑热闹，大家全程观看了令人震惊的日全食。曾按捺不住激动的心情，写下了激动的诗句，送给了大会主席台。市广播电台男播音员俊朗的声音，在太阳岛上空回荡："我们来到了太阳岛！""让我们打开记忆的镜头，拍下吧，这日月同辉的时刻，这青春荟萃的日子，这美丽的太阳岛！"至今记忆犹新。每当想起，心中都会青春荡漾。

后来，多次组织我所在团委基层团组织的团员青年到太阳岛野游，过一次自己的"青年节"。有一次，恰逢下雨，淅淅沥沥下了一天。我们身着雨衣，围坐在太阳岛树下的草地上，伴着啤酒面包红肠，畅叙理想和未来。还有一次，夜晚，在太阳岛上参加团员青年篝火晚会。夜半时，躺在江岸的沙滩上，吹着口琴，仰望明月，那份惬意。如今，微微发黄的老照片上，老的只是看照片的人。照片上的容貌，依然那般年轻。

多年来，喜欢在不同季节独自来到太阳岛上。细看岛上的变化，体味四季景色的不同。春看生机，夏闻百香，秋赏秋色，冬品苍茫。太阳岛，不仅仅是五星级旅游景区，更是一部书。读不完，读不透，百读不厌。

"再过二十年，我们再相会……伟大的祖国，该有多么美。"曾经是当年青春的憧憬，如今，两个"再过二十年"了，我们伟大的祖国，不仅更加美丽，而且更加富强，昂首屹立在世界的东方。

我们是幸运的一代。

有人说，不要活在过去，要活在当下。此言谬矣。如果心里有一个充实而浪漫的过去，美好而值得回忆的过去，那么，经常"光顾"一下过去的岁月，"光顾"一下生机勃勃、青春永驻的太阳岛，重燃当年的激情，何尝不是一种励志、一种自豪、一种幸福？

而太阳岛却永远不老。永远那样的春意盎然，那样的花团锦簇，那样的春光秋韵，那样的纯净如玉。几十年了，越发出落成一个端庄秀丽的大家闺秀。

"我们来到了太阳岛上"，于老哈尔滨人而言，绝不仅仅是一句歌词。

往事回眸：夏日泛舟松花江

20世纪20至80年代，哈尔滨最浪漫的事，是去太阳岛野游，而最最浪漫的事是在松花江上泛舟。

辽左散人（刘静严）写于1929年的《滨江尘嚣录》专有一节描述"松花江泛舟"。其中提到，哈尔滨虽"无冈峦起伏之山岭"，却"有一泻千里之长川"。于是，"每年通航期间，轮只密集，帆樯如林，小舟荡漾，逐波上下，诚大观也"。

这是一幅"夏日泛舟松花江图"。当年松花江上的泛舟情境，可见一斑。而颜色泛黄，香气犹存的哈尔滨太阳岛老明信片上，留下许多当年俄国金发碧眼的曼妙女郎于江中划船的倩影，将时尚、浪漫定格为永恒。

夏日泛舟松花江，许多人有记忆，却无记载。请看赞美哈尔滨的文章中是怎样描述的。

中国人民的老朋友，曾写过《红星照耀着中国》的埃德加·斯诺1929年曾到过哈尔滨。在一篇文章中这样写道：

"我过得最快乐的一天就是沿着哈尔滨市风景优雅的滨江区公园，在松花江上泛舟遨游的时刻。""过得最快乐的一天"绝非他一个人的记忆。

著名文豪朱自清，于1931年途经哈尔滨。在《西行通讯》一文中，留下这样的文字："岛上最好的玩意自然是游泳，其次许就算划船……从太阳岛划了小船上道外去。我是刚起手划船，在北平三海来过几回；最痛快的就是这回了……我们过了一个愉快的下午。"这位曾与俞平伯乘船同游秦淮河，又同题作文的著名文人，对泛舟松花江有着不寻常的评价："最痛快""过了一个愉快的下午"。

哈尔滨人最骄傲、最亲近的人，从呼兰河畔走出的著名才女作家萧红，短暂的一生，颠沛流离，历经苦难，临终写下"半生尽遭白眼冷遇，身先死，不甘，不甘"。然而，却在散文集《商市街》中留下了生活中最开心快乐的两个镜头——松花江泛舟。一次，"划小船吧，多么好的天气！……船夫给推开了船，我们向江心去了。两副桨翻着，顺水下流，好像江岸在退走。"（《册子》）另一次，"船荡得那么远了，一切江岸上的声音都隔绝，江沿上的人影也消灭了轮廓。水声，浪声，郎华和陈成混合着江声在唱……船越行越慢，但郎华和陈成流起汗来。桨板打到江心的沙滩了，小船就要搁浅在沙滩上。这两个勇敢的大鱼似的跳下水去，在大江上挽着船行。"（《夏夜》）仿佛划入了与世隔绝的梦幻世界。

夏日泛舟松花江，是一种什么境界呢？

辽左散人说得好:"江上泛舟,为韵事中之韵事。骚人名士,尤多好之。""盖深得山水之乐趣者焉。""怡情养性,有益心身良多,盖非达人不悉其趣,非名士不晓其乐也。""当斜阳返照,渔歌唱晚之际,果携妻孥或二三知己,买舟放棹,把酒临风,仰望太空,俯瞰流水,清风明月,入我怀来,幽情逸致,不觉胸襟为之一阔。"多么诗情画意,简直人间仙境。

家乡的才女萧红毕竟是东北人,性格直爽:"远远近近的那一些女人的阳伞,这一些船,这一些幸福的船呀!满江上是幸福的船,满江上是幸福了!人间,岸上没有罪恶了罢!""早晨在看报时,编辑居然做诗了。大概就是这样的意思:愿意风把船吹翻,愿意和美人一起沉下江去……"(《夏夜》)

江上划船,"高品位而低消费",价格低得很。"计其舟值,则极低廉,由道外江干迄道里约三里,仅需费五分;由道外横渡大江,抵对岸之松北镇,约八里,仅为一角。"(《滨江尘嚣录》)就是在20世纪80年代,租船费仅每小时五角,但押金却是十元。

哈尔滨是一个有情调的、浪漫的城市。其浪漫因素之一,就是太阳岛野游、野浴、野餐和松花江划船。这个由俄国人开辟的"洋传统",一直延续几十年,并融为哈尔滨城市文化的一部分。老哈尔滨人,谁没有太阳岛野游的愉悦经历?谁没有江上泛舟的浪漫情怀?这门劈波斩浪的划船技艺,哈尔滨几代人无师自通。

年轻时，学会了划船。曾与朋友将船划至江心水浅处拍照；也曾迎着四级大风，把六名一起到太阳岛野游的单位职工，送到江南。那时，距离学会游泳尚有十五年。可见，松花江泛舟，何等诱人。

水城威尼斯之美，是在"贡多拉"小船上，聆美妙歌声，赏城市美景；水墨周庄之美，是在乌篷船上，听江南小调，品水乡风韵。而夏日泛舟松花江，则是人在景中，景随船动。清风送爽，江水怡情。一叶轻舟，飘然世外。心旷神怡，风情万种。

夏日泛舟松花江，划慢了生活节奏，舒缓了工作压力，盛满了爱情友情，丰富了夏都美景，真的是"韵事中之韵事"。这韵事，养育了哈尔滨人性情中活泼、开朗、乐观、情趣的阳光品格。

自20世纪80年代中期，江上划船渐渐淡出人们视野。这源自江面变窄，江水改道，北岸的江堤将原来独立的老太阳岛整个纳入了太阳岛公园陆地；源自为通行大的船舶而清理航道，使江水变深；源自机动船只增加，划破了往昔江面怡然的宁静。因而，那种慢节奏、无拘束、人与江水近距离接触的风光不再。哈尔滨"失传"了划船这门尽人皆能的技艺，失落了生活中一种融入自然的情趣，失去了松花江、太阳岛的一道风景。

夏日泛舟松花江，已成为哈尔滨几代人记忆里的岁月留痕。

不由得想到法国著名作曲家雅克·奥芬巴赫《霍夫曼

的故事》里《船歌》中的几句歌词：

　　让歌声随风飞

　　带走愁云万千

　　告别幸福时刻

　　时光不再返回

　　……

（原载 2019 年 8 月 29 日《哈尔滨日报　太阳岛》本文有删改）

"米尼阿久尔号"浪漫之舟

"东方莫斯科",赞不足,还要佐以"东方小巴黎",哈尔滨,"洋"。"洋"到走在欧洲的大街上,新鲜感严重"打折"的程度。

"洋"在哪儿呢?

"洋"在那些洋里洋气的老建筑。一幢老建筑,就是一个或一串故事。

岁月风侵雨蚀,时光风摧霜残,许多老建筑退隐了,淡出了,消匿了。曾经的故事,也随之退隐,淡出,消匿。

唯有一个老建筑,每当想起,清晰如昨。且每个老哈尔滨人,都能在记忆里,拎出一串串亲历的温馨往事。

太阳岛餐厅——原米尼阿久尔西餐厅,是中央大街著名的米尼阿久尔茶食店的分店。这座现代主义风格的建筑,如同一艘泊在松花江太阳岛一侧的豪华客轮,以其曼妙的身姿,成为太阳岛著名风景70多年。船舱为方形,两层"客舱"。通体"舷窗",贯穿首尾。每个"舷窗"外部,装饰着各种美丽图案雕饰。内侧,还曾挂着浅色的"窗帘",温馨雅致。"船舷"上部,栏柱与"舷索"相围,如同客船"观光甲板"。宽敞的大厅,可容纳200人同时就餐。

一幅20世纪50年代画报上的照片,留下太阳岛餐厅的"倩影"。浅黄色的"船身",深绿色的"船舷",昂首"停泊"在太阳岛近水的岸上。一片低矮树丛和一带近水堤岸,无意间便成为艺术品的佩饰。

夕阳西下,江上顺水泛舟,与这艘"浪漫之舟""邂逅"又"惜别",会觉其似逆水而上,正驶向太阳憩息的地方。

"浪漫之舟"的浪漫,始于20世纪初,兴盛于二三十年代。中东铁路建成,"拉"来大批俄国人、犹太人,在洋建筑、洋街道的陪衬下,也成为这座城市的"洋风景"。夏日里,江风和煦,阳光明媚的太阳岛,是人们野游、野浴、野餐的"度假天堂"。应运而生的米尼阿久尔西餐厅,便成了太阳岛上迷人的乐园。泛着余香、颜色微黄的哈尔滨老明信片,老明信片上宫殿般豪华洋气的餐厅一角,餐厅一角外侧三两身着泳装仙女一样的俄国女郎的倩影,倩影脚下不远处柔柔的松花江波,松花江波远端镶嵌在天水间的松花江老江桥,一晃,定格了几十年,不厌其烦地诉说着往昔的浪漫。

后来,俄侨陆续离哈,但"浪漫之舟"并未"停航","进化"成了哈尔滨人消暑度假、野游聚餐的大本营。米尼阿久尔西餐厅的名字也完全"本土化":太阳岛餐厅。

资料记载,"浪漫之舟"曾屡遭困境。因太阳岛堤岸被江水侵蚀，江岸退移，"浪漫之舟"渐渐泊向江边。无奈，先后三次被整体抬迁至高处。曾有一幅照片为江水接近"浪漫之舟"的情形，人们用木栅板连成防浪堤，阻拦江水，险象环生。"浪漫之舟"见证了太阳岛的"退隐。"

改革开放后太阳岛成为年轻人展示观念更新的"大舞台"。时装、录音机、太阳镜、集体舞佐以啤酒、红肠、格瓦斯、面包，筑起太阳岛江畔的风景线。"浪漫之舟"首开啤酒"灌溉"闸门，率先用人们来岛遗弃的罐头瓶，经洗涤消毒，取代了啤酒杯。即降低了成本，又免除了餐后排队退杯换押金的不便，更增加了啤酒销量。"哈尔滨八大怪"之"喝啤酒，像灌溉"由此而来。许多顾客等不及排队"候餐"，端着盛满啤酒的罐头瓶，到草地或小树丛中，席地而饮。

驶过了几十年风风雨雨，经历了城市的兴衰更替，"浪漫之舟"的颜色，渐渐泛白，褪去本色。往日的繁华不在，"浪漫之舟"盛载了太多、太多的记忆。它累了，真的很累。但是，它没有沉入江底，而是于1997年以一场大火的方式，告别了历史舞台。

哈尔滨不会忘记！哈尔滨人不会忘记！

每当说到太阳岛餐厅，总要想起家里珍存着一张1973年奶奶回大连之前，父母与前来接奶奶的老姑坐在餐厅前台阶上的合影。如今，奶奶、父亲与老姑都不在了。但，那张照片，依然如新，珍存着亲人慈祥的微笑和亲情的温馨。还有许多当年我与朋友、同事去太阳岛野游时，在太阳岛餐厅前的存照。有的照片上的容貌，现实中已无法凑全了，随"浪漫之舟"驶向了岁月的远方。但那纯真无瑕的笑容，仍如当年的明信片，永远年轻。

"米尼阿久尔号"——太阳岛餐厅，精美的艺术品，"浪漫之舟"，来自岁月，载满岁月，又驶离岁月。但，泛起的浪花，永远荡漾在所有曾经历那段岁月之人的心里。

如今，哈尔滨伏尔加庄园，重生后的米尼阿久尔餐厅，端庄靓丽、风姿绰约，静静地停泊在阿什河畔，默默回忆着往昔的岁月……

江畔情愫

哈尔滨,有一条远近闻名的风景线——"百里长堤""沿江一条线"。这项几乎与百年哈尔滨几乎同时起步的建设工程,至今仍在建设、延伸。

喜欢这条风景线,源于跟江堤有缘。参加工作不久,曾在夏日里顶骄阳,冒酷暑,在江边砌筑防浪石坡,把石头与青春砌进堤坝,使散落的石头成为抗御洪水的风景;曾迎着冬日凛冽寒风,肩扛经纬仪,与同事们进行大坝纵断测量,用脚步丈量那段燃情岁月;也曾到全区各单位进行防汛筑堤工程动员,落实每一名职工一年一立方米土方的筑堤任务。百里长堤,是哈尔滨市职工群众无私奉献的结晶。最令人难忘的,是曾在修筑堤坝的"大会战"中,从事播音、简报、统计等工作。漫长炎热的夏天,被激情与豪情涨满,筑堤工地上,红旗猎猎,车吼马嘶,人声鼎沸,热火朝天,一幅社会主义建设的宏大画面。大坝随高音喇叭里越传越远的歌声加宽、加高、加长;年轻的我,在紧张劳碌的日子里,成长、成熟、成为自己。夜晚,一个人在筑堤工地指挥部值宿时，常在黄昏后，用播放机和广播喇叭将悠扬的笛声沿江堤送到数公里之外——在寥廓天地间放飞心情……

哈尔滨筑堤工程，始于建城之初，于"晒网场"小渔村"登陆"的中东铁路，拉来俄罗斯、犹太及欧洲各国官员、商人、富人，在大规模城市建设的同时，修筑江畔堤坝随之展开。

百年来，松花江曾发生三次特大洪水。1932年，日本人占领下的哈尔滨遭遇特大洪水。由于疏于堤坝建设，大水漫灌，水位达到119.72米（海拔），道里、道外街内最大水深超5米，最浅1米。尚志大街已可行船，道外二十道街水漫二楼窗台。全市60%左右人口受灾，涉灾人口死亡2万多，成为哈尔滨永远的伤痛。

新中国成立后，全市开始了兴修堤坝工程。1953年、1956年和1957年，哈尔滨连续遭受洪水侵害。特别是1957年发生的特大洪水，最高水位达120.30米，比1932年最高水位高出0.58米，超出市内地面3.5米，沿江堤坝险象环生。英勇的哈尔滨人民，在市委市政府领导下，团结一心，顽强拼搏，数以万计的市民和俄侨参加了抗洪斗争，昼夜奋战在抗洪抢险的第一线，终于战胜了百年一遇的特大洪水。一座"哈尔滨市人民防洪胜利纪念塔"成为历史的见证和抗洪精神的丰碑。那年，洪水持续一个多月，退去时，已是9月下旬。身为机关干部的父亲作为参加抢险巡逻的民兵，昼夜巡查，参加抢险。由于泥泞的堤面穿水靴会陷在泥里，无法走路，只得打赤脚，最后，因双腿受寒不能走路，被抬下"阵地"，后经一位名中医针灸而康复。多少老一辈哈尔滨人有过这样的经历啊。

1998年，松花江哈尔滨段发生特大洪水。最高水位达120.89米，分别比1932年和1957年水位高出1.17米和0.59米。全市人民同解放军合力抗洪。曾于那年8月23日，说服护堤戒严值班人员，独自沿江坝由道外十九道街走到头道街，查看滔天洪水，深为备受挤压的堤坝担忧。当时在一个单位昼夜值班，负责安排、协调五个抢险突击队近200人的抗洪队伍，轮流上堤，并组织每天为抗洪抢险人员送饭送水。那段日子，铭心刻骨。

改革开放后，哈尔滨市实施了"沿江一条线"建设工程，建成了抗御"百年一遇"洪水的百里长堤，铸成了真正的铜墙铁壁，摘掉了松花江曾经全国"七大害河之一"的帽子。松花江，始成为永久、安全的风景线。

"沿江一条线"建成"沿江公园"和绿色长廊，是哈尔滨江堤的独有特色。一路"飞"去，可见阿什河堤、东大坝、道外江堤、斯大林公园、九站公园、顾乡公园、群力国家城市湿地公园——一条漫长弧形江畔景观公园带，仿佛一轮弯月，为松花江这条"玉带"镶上"银边"。堤坝后面，是护堤林构成的绿化带，如同城区江畔的翡翠项链。

百里长堤，曾是"火红年代"里永不谢幕的劳动竞赛大舞台和永不褪色的记忆。哈尔滨曾经工厂林立，工种众多，但有一个"工种"，哈尔滨人大都从事过——"义务劳动"修江堤。与江畔堤坝存有情缘，也是许多哈尔滨人所独有的。

百里长堤，还有一个哈尔滨人专用词——逛江沿儿。当年，这是青年男女谈情说爱的自由天地。几代哈尔滨人谁没在"江沿儿"留下爱情的足迹和温馨的浪漫？这里，是哈尔滨的"爱情大道"。

不由得想到，如同筑堤工程，百年来，中国人民在党的领导下，经过漫长的艰苦卓绝、一代又一代人的英勇拼搏，迎来了新中国，取得了社会主义建设和改革开放伟大成就，国家和人民经历了站起来、富起来、强起来的历史巨变，创造了人间奇迹。中国，已是世界上一道最靓丽的风景线。

如今，防洪纪念塔下不仅是爱情的起点，也是人们健身休闲的娱乐点，是哈尔滨之夏音乐会的"室外音乐厅"，还是外地游客来哈的打卡点。

站在防洪纪念塔下，放眼望去，一只只美丽的白鸥在蓝天碧水间翩翩起舞，像五线谱上忽上忽下的音符；美丽的太阳岛隐没在绿树丛后，期待着与慕名而来者的"约会"；跨江大桥在夕照下，是一道彩虹，一列列动车如丘比特的神箭，射向爱情的靶心；哈尔滨大剧院，一座新地标，闪耀着音乐之城的光芒；身后不远处的中央大街，摆满了各色艺术风格的欧式建筑，"洋味"十足。欢快、舒畅、缓缓东去的松花江，早已"归顺"为一道流动的风景，浪花里飞着欢乐的歌，歌唱英雄的哈尔滨人民，歌唱"北国江城好巍峨"。

（原载2021年5月11日《哈尔滨日报 太阳岛》本文有删改）

"音乐之城"

"浪花里飞出欢乐的歌"的旋律之美

世界在歌声中听到了你

闻名世界的城市很多，而城市扬名的原因各不相同。通过歌声扬名世界的城市，不多。

而多首歌曲，使一座城市一再扬名世界的，更是寥寥无几。

哈尔滨，即是寥寥无几通过歌声一再扬名世界的城市。

"我的家在东北松花江上。那里有森林煤矿，还有那漫山遍野的大豆高粱……九一八，九一八……"1936年，爱国青年张寒晖作词作曲的《松花江上》，让世界知道了中国东北的哈尔滨，沦陷于日寇的铁蹄之下。这首歌唤起了全中国人民团结抗战的爱国热情，无数爱国青年投身到拯救国家民族危亡的战场。这首歌也激励了东北抗日联军和东北人民艰苦卓绝的英勇抗战。时至今日，号角般的震撼力，穿山越海。每当唱起，仍激起人们奋发的斗志和不屈的精神。14年的英勇抗战已经胜利快80年了，但这首歌一直回荡在华夏大地，提醒人们，勿忘国耻，砥砺前进。

哈尔滨，是一个"历经磨难"的城市。日伪统治时期，哈尔滨人民遭受了重大的生命财产损失，也爆发了强烈反抗黑暗统治的斗争。无数仁人志士参加东北抗日联军，抛头颅、洒热血，英雄壮举惊天地、泣鬼神，当年，李兆麟将军的一首《露营之歌》，至今仍凝聚着抗联英雄们的不朽精神："火烤胸前暖，风吹背后寒""逐日寇，复东北，夺回我江山""伟志兮，何能消减"……这首抗联战歌，激励着无数抗联战士在极端艰苦、难以想象的条件下，坚持抗战十四年，直至胜利。

1957年，哈尔滨面临历史上最大洪水。全市人民在党的领导下，团结一心，艰苦奋战，终于战胜了大洪水，保护了美丽城市和人民的生命财产安全。人们在美丽的松花江畔欣赏到的"哈尔滨市人民防洪胜利纪念塔"，就是为纪念战胜大洪水于1958年建成的纪念碑，是代表哈尔滨精神的城市地标。塔身雕塑艺术再现了哈尔滨人民抗洪的真实画面，古罗马风格的环廊，古希腊科林斯柱，塔与环廊构成相互呼应的一件稀世精美艺术品，高端、洋气、高雅、尊贵，把松花江提到古典艺术的高度，让松花江畔成为一道亮丽的风景线。哈尔滨因防洪纪念塔而更加美丽，哈尔滨精神因防洪纪念塔巍峨矗立。

"松花江水波连波，浪花里飞出欢乐的歌，歌唱天鹅项下珍珠城""哈尔滨的夏天多迷人"——《浪花里飞出欢乐的歌》如诗，如画。如此诗情画意，怎能不引人遐想，令人神往。

"明媚的夏日里天空多么晴朗，美丽的太阳岛多么令人神往""带着垂钓的鱼竿，带着露营的篷帐，我们来到了太阳岛上"。当年，《太阳岛上》一夜之间，唱红大江南北。人们被歌声中童话般的世界所迷醉而神往，太阳岛仿佛成为许多年轻人的梦中情人，追梦动力。于是，山南海北，天涯海角，循歌而来，踏歌而行，哈尔滨迎来改革开放后的第一轮旅游热潮。

太阳岛，原是松花江北岸江中的一个小岛。早年是俄罗斯人夏日野餐、野浴、野游的假日天堂。后来，哈尔滨人继承了这种"洋文化"，每当夏季周末，人们到太阳岛野游，聚会。《太阳岛上》歌曲诞生之时，原太阳岛与现在的太阳岛公园已连为一体。正值改革开放初期，人们思想极大解放，对美好新生活的憧憬，对祖国大好河山的热爱，对美丽城市哈尔滨和松花江的重新认识，从而情感爆发，激情释放，热情奔涌，太阳岛成为人们展示追逐新潮和青春靓丽的大舞台。夏日周末，人们到太阳岛"一游"的盛况空前，最多时一天到此野游者达十多万人次。野游、野浴、野餐、划船、唱歌、跳舞、恋爱、聚会、篝火晚会，"火"遍了哈尔滨。

后来，曾想过一个有趣的问题：如今哈尔滨作为"夏都"无人不知，我们是怎样宣传才被人们接受的呢？或许就是先有景，后有名，"哈尔滨的夏天"就这样早早唱出去了？

"世界在歌声中听到了你，阿勒锦哈尔滨""松花江上的豪迈，太阳岛上的柔情，诉说着你的朝朝夕夕""阿勒锦，哈尔滨，阿勒锦，黑土地。你唱着美丽的歌，你化作美丽的歌""美丽的歌声传遍了世界，世界在歌声中听到了你"。这是1996年，王立平为哈尔滨之夏音乐会创作的歌曲《世界在歌声中听到了你》，由歌唱家郑绪岚演唱。歌曲很快就风靡全国，并获得了当年的全国"五个一工程奖"。

这首歌，是前面两首歌的续篇，道出了美丽的松花江、美丽的哈尔滨，是乘着歌声的翅膀，把美名传遍天下的。严格意义上说，还包括《松花江上》。一部城史，在歌声中，悲愤、激昂、振奋、拼搏、诗情、画意、和谐、幸福……

其实，赞美美丽哈尔滨的歌曲还有很多。这些优美歌声，如汩汩东流的松花江水，伴着哈尔滨这座异域风情的城市历史，抒情而又浪漫，源远流长。世界在歌声中惊喜地发现了"东方莫斯科"之美、"东方小巴黎"之美、"天鹅项下珍珠城"之美、"冰城"之美、"夏都"之美、"音乐之城"之美……

哈尔滨，世界在歌声中听到了你。

我们也在歌声中听懂了你。

（原载2022年3月14日《哈尔滨日报 太阳岛》本文有删改）

"音乐之城"随想

2020年,"音乐之城"有两个日子值得纪念。

6月22日,是哈尔滨获"音乐之城"荣誉称号十周年纪念日。3月2日,是哈尔滨广播电台古典音乐广播调频102.6开播五周年。

难忘记入史册的一幕:当地时间2010年6月22日20时30分,联合国副秘书长沙祖康代表联合国教科文组织授予哈尔滨"Music City—Harbin, China"("音乐之城")荣誉称号。沙祖康说,之所以授予中国哈尔滨为"Music City",是因为哈尔滨这座城市具有百年的音乐传承历史,音乐是哈尔滨这座城市的固化品牌。6月22日,是哈尔滨"音乐之城"日。

十年了。哈尔滨人不仅仅应记得这个日子,更应记住这个举世闻名的"洋荣誉":"Music City—Harbin, China",即"音乐城市(都市)""哈尔滨""中国"。真想参加个什么活动,庆祝一下这个日子……

我的纪念仪式，是写下这篇散文。

于是，哈尔滨在世界上，就有了五个"音乐之城"的"兄弟"：奥地利维也纳、意大利博洛尼亚、西班牙塞维利亚、英国格拉斯、比利时根特。

十年，转瞬十年矣！

十年来，"音乐之城"，"居高"而未自傲，更未止步。在音乐城市建设、发展、提升诸方面，可谓"音调更高""音量更大""音色更美"，出落得愈加端庄秀丽，雍容华贵，魅力四射，妩媚动人。

总不会忘记，哈尔滨音乐厅，曾长时间"蜗居"在当年的"买卖街51号"俱乐部。敬佩哈尔滨音乐人，也见证了那份坚守、那份执着。简厅陋堂，坚守文化艺术高地。狭街短巷，绽放高雅音乐光芒。说实在的，那座原来的音乐厅，挺让人留恋的，因曾常常光顾。只是每次欣赏音乐会，都会在心里嘀咕：何时，音乐城才会有个像模像样的音乐厅？让乐团不再"抱团"，让音乐不再"拘谨"，让观众不再局促，让城市不再"寒酸"。如今，哈尔滨音乐厅羽化为晶莹剔透、珠光宝气、精美绝伦、声形俱佳的现代音乐厅。新音乐厅，是掉在地上一根针，都会产生音乐效果的殿堂。置身其中，感觉进入一个巨大音箱，音乐家、观众被音乐缠绕一处。乐声涌来，似一池碧水，观众身不由己，心不由己，随涛起伏，逐波荡漾，浴在七彩缤纷、如痴似幻的梦境里。环绕立体雄浑悠扬的乐音，又如万千神来之手，通体按摩，让人经通络畅，心逍神遥。

哈尔滨大剧院，哈尔滨历史上又一座里程碑式的建筑。"音乐之城"的新地标啊。美！美轮美奂！赞美哈尔滨大剧院，是件十分困难的事。毕生所学，仍嫌简陋。搜肠刮肚，也无法准确表达溢美之词。一句话，怎么赞美都不为过，我只能选择"无语"。更多的人同我一样，唯有让会说话的相机"异口同声"般"咔咔咔"地去不停"赞美"，把一幕幕美景，存入手机收藏夹，变为"私有财产"，据为己有。

一座城市，两座音乐殿堂，何止两座，还有老会堂音乐厅、哈尔滨音乐学院音乐厅、市工人文化宫音乐厅……每一座音乐殿堂，都是一个生动的音乐故事。哈尔滨这座"音乐之城"，有着令人垂涎艳美的音乐奢侈，有着数不清、说不完的音乐故事。

哈尔滨音乐学院，面向国际，是一所十分国际化的音乐学府。高大恢宏的欧式建筑，洋里洋气的音乐厅堂，那么多豪华的"施坦威"钢琴，那么高素质的教职员队伍。假以时日，定会培育出一代又一代优秀音乐人才，把"音乐之城"的专业艺术水准提到新的高度。

至于群众性音乐活动，已经几乎把音乐细胞渗透到"音乐之城"每一个广场、每一个社区。满街音符，处处旋律，俯拾皆是，不胜枚举。

另一个纪念日，是"哈尔滨广播电台古典音乐频道日"。转眼，哈尔滨广播电台古典音乐广播调频102.6开播五周年了。这是哈尔滨作为"音乐之城"的一件大事，也是爱乐人、音乐爱好者生活中的一件大事。全天候播音，全世界名曲。那么多的优秀栏目，从不同角度、不同维度，向我们展示古典音乐的 3D 效果。

开播伊始，我就是热心听众，几乎每天必听一阵儿，坚持至今。喜欢主播的那句"我用音乐守护你"。满满的爱心、亲切、熨帖。同样，我也以满满的热心、尊敬，常洗耳恭听，并以"热粉"自居。几年来，收获极大。许多搜集不到的名曲，都能听到；许多听不懂的名曲，都在主播指点下，茅塞顿开；许多音乐家的生平、作品、艺术特点，如同知识的珍珠，尽收囊中。也发现，5 年来，主播们的音乐艺术水平大幅提升，已经成为循循善诱的音乐导师。节目办得越来越好了。

有了古典音乐频道，等于把世界著名的音乐厅搬到了家中，可以在清晨边锻炼边听；可以窝在沙发里，边读书边听"音乐随想"；可以边喝下午茶，边听"音乐下午茶"；也可以在睡前，边闭目养神边听。

哈尔滨古典音乐广播，我的"音乐厅"和"音乐艺术学院"。

曾买过许多世界名曲的碟片，但仍局限在一隅，无法体悟音乐世界的寥廓，且投入也是"可观"的。有了古典音乐频道，能尽情享受这取之不尽、用之不竭的音乐资源，畅快淋漓。

许多人喜欢古典音乐，却感觉深不可测，高不可攀，在畏难和无从入手的犹豫中，荒废过了大好时光。其实，古典音乐，既不那么高深莫测，也不那么难懂。常听，常看，耳濡目染，就会逐渐喜欢。喜欢，就会渐成爱好。爱好，久之就会成为内行。内行，就离专家不远了……关键是，享受了这段美好的过程，让每一个平凡的日子，在音乐声中起舞。

音乐，是一个由作曲家、演奏家或乐团、听众组成的体系。作曲家创作出来好的音乐作品，如果无人演奏，或演奏水准极差，都会使音乐作品"失声"或黯然失色。老巴赫如不是被门德尔松发现《马太受难曲》，并将其整理、排演、搬上乐坛，他的才华和名曲怎能奉献于世？同理，好的乐团，好的演奏家，演奏好的音乐作品，如果听众欣赏水平低，音乐素养差，对牛弹琴或鸭子听雷，同样会影响音乐作品效果。美国著名音乐家艾伦·科普兰如是说："要严肃地对待自己作为一个听众的责任。"这种责任，即"竭力加深我们对音乐这种艺术的理解"。这是一种理论，更应是一种期待。

作为"音乐之城"的"城民"，一个音乐爱好者，忽地有了一种责任感。

这种责任感，既有荣耀，又有压力。

荣耀，是因与音乐沾边，与"音乐之城"沾边，就有了一种高雅和神圣的感觉。

压力，则来自构成"音乐之城"称号的那些"洋字码"……

（原载 2020 年 7 月 6 日《哈尔滨日报　太阳岛》本文有删改）

"宫"中"哈夏"

第35届中国·哈尔滨之夏音乐会(文中亦简称"哈夏")像春季的花蕊,如约而来。

"夏都"的夏季,便被如花蕊般轻柔的音乐滋润着,温馨着。漫步在松花江畔,音乐像春风一样,拂面而来,让人清爽惬意;徜徉在中央大街,音乐像和煦的阳光,轻轻抚慰你的肩膀,让你备感温暖;满城盛开的丁香,花香与清风弥漫着音乐的旋律,在大街小巷起舞;这季节,让每个人耳畔都鸣响起叮咚的节奏,心里激荡着回旋的韵律。清爽宜人的"夏都",正如歌唱家阎维文所说:"哈尔滨的天气美,风景美,空气美。"美如仙境。

这座城市每个人的生命里,都刻录着"哈夏"的年轮;每个人的血液里,都流淌着"哈夏"的旋律;每个人的记忆里,随便一处"茬口",都能抽出一串串有关音乐的丝丝缕缕的幸福回忆。

中国·哈尔滨之夏音乐会已走过35届了。想到随年龄逐届"拔高"的"城市品牌","哈夏"的运程,也是这座城市几代人生命的运程。

尽人皆知,"音乐之城",是绽放在闻名遐迩的"哈夏"繁枝上的花朵。却很少人知道,闻名遐迩的"哈夏",品质高雅,出身同样高雅——因为"哈夏"诞生于"宫"中。

1961年7月5日,首届哈尔滨之夏音乐会,在刚刚建成、充满朝气的哈尔滨青年宫举办。

这座于当年5月4日刚刚建成的青年宫,是全市人民集资210万元（平均每人2元）养育的骄子。朱德元帅亲笔题写的"哈尔滨青年宫"六个大字放射着青春的光芒。这座由苏联设计师巴基斯仿苏联中央团校设计的欧式建筑,从空中俯瞰建筑群,俨然一架振翅欲飞的飞机。

"哈尔滨之夏"从这里起飞,如今,已翱翔半个多世纪,飞向了全国,飞向了世界。

改革开放之初,欣赏"哈夏"音乐会,多在豪华尊贵的"宫"中。哈尔滨青年宫、市工人文化宫、市少年宫、友谊宫、铁路文化宫、哈车辆厂文化宫……也有许多演出在俱乐部里：市商业职工俱乐部、铁路职工俱乐部、三铁职工俱乐部、各大工厂的职工俱乐部,等等。夜幕降临之时,就是"宫"中各种演出开幕之际。一座城市,就如同一艘巨轮,荡漾在音乐艺术的海洋里。

幸运的是,借欣赏"哈夏"的光,这些"宫"我大多亲临过。但去得最多的地方,是全市唯一一个区级文化宫——太平文化宫。因为交通便利,加之剧场规整,功能齐全，规模适中，舞台宽敞，而被列入历年"哈夏"演出剧场之一。

当年的"哈夏"，除了省、市专业文艺团体的演出外，还有国家和其他城市文艺团体的专场演出。专业音乐会外，还有曲艺专场、京剧专场、评剧专场、龙江剧专场、吕剧专场、杂技专场、木偶剧专场、皮影戏专场等等，也包括一些业余文艺团体的专场演出。

看节目的机会来自区委家属楼几位经常拿回票的邻居。知道我喜欢看音乐会，每逢"哈夏"，就千方百计为我弄票。那时，演出一般不卖票，都是单位发或"关系单位"互赠。音乐会与电影不同，票具有一种神圣感和责任感。难以弄到，而拿到票一定要去——音乐会不能容忍一排座位观众空缺。于是，我就经常独自去看音乐会。有时，即使冒着倾盆大雨，也要身着雨衣，蹬着自行车，到很远的"宫"或俱乐部，去看演出。对此，我"信誉度"极高，票也多了起来。

欣赏"哈夏"音乐会，实在是十分美妙的精神享受。端坐"宫"中，俨然一个贵族。目光随优雅的表演聚焦，耳畔任高雅的乐音缭绕，如同唐代那位写过《枫桥夜泊》的张继在《华清宫》中所云："玉树长飘云外曲，霓裳闲舞月中歌。"在音乐袅袅、舞姿翩翩的氛围里，逐渐忘却了自己和他人，忘却了"宫"中的一切，只有灵魂之弦被音乐拉动、弹拨，长飘云外，独步蟾宫。美哉！妙哉！散场后，步出"宫"门，心灵却沉醉在乐池里，久久不能"归位"。

从小喜爱笛子、二胡、月琴，也买，也学。喜欢笛子划破沉郁的长啸，喜欢二胡坠入深情的惆怅，喜欢月琴灵动跳跃的欢快，更喜欢乐队竞奏的管乐齐鸣。我的"宫"中岁月，多是目不转睛地瞄着这些令我钦佩的演奏者，心跟着乐曲的行进律动。每场观后，都有所得。只是越看，越觉眼高手低，渐渐地，身份由"爱好者"转为了"欣赏者"。

由于太平文化宫是区级单位，组织演出比较容易，观众数量也不多，所以会额外欣赏到许多节目。不仅常看民乐，也常看管弦乐。地方的京剧、评剧、吕剧、曲艺、杂技等剧团也纷纷登场。有时还能看到"实验演出"。就是在排练结束，准备正式演出前，来一次"实战演习"。曾观赏过省、市歌舞团到外地交流演出前的最后一次"实战彩排"；欣赏过省杂技团出国演出后的"汇报演出"；也看过省杂技团小演员苦练数年，首次登台的"试验演出"。才懂得，艺术是汗水搅拌着艰辛铸就的丰碑。

也追星，但都是本省、本市甚至本区的"星"。有人是某某著名歌唱家的弟子，有人是省、市专业团体的"台柱子"，也有人就是不远处某企业的职工。当然对省、市那些著名歌唱家更是崇拜到了极点。熟悉的名字，台前台后的音乐名人，流传着一个个动听的故事。尤其打听到今年"哈夏"中的某歌星因考上了某某文艺团体，不能登台了。欣慰之余，不免也有些许遗憾。

随着改革开放的深入，时代变了，城市变了，生活也变了。大剧院、音乐厅、音乐学院，大气又洋气的现代音乐宫殿，让当年那些"宫"、那些俱乐部风光不再。除了少数装修后仍"坚守阵地"外，许多已经成为传说和故事。国际国内高水准的交响乐、民族歌舞、大型群众文艺汇演，甚至国际声乐、器乐大赛，随城市的扩大而壮大，随城市的成长而拔高。"音乐之城"实至名归。我也由音乐"欣赏者"变作"爱乐"人。

同许多已退居二线的音乐宫殿一样，太平文化宫早已完成了历史使命，默默地伫立在路旁，仿佛在深情回忆往昔的辉煌岁月。近年来，每逢路过，都要仔细看看这个音乐文化的"先辈"，还曾经专程去过几次，表达留恋之情。每次看到，都让我充满感激和敬意，还有一丝莫名的惆怅。

后来才发现，这座小小的"宫殿"，确实卓尔不凡。从犹存的余韵，可看出当年华丽的外表，大气洋气的风格，典雅，高贵。在那个年代里，如同稀世珍宝。而那名字，"文化宫"，确切又深邃。音乐不仅是文化，而且是高雅文化。"音乐不会使你富有，但会使你幸福。它不能拯救你的灵魂，但会使你的灵魂值得拯救。"这是谁说的？著名美学家乔治·桑塔亚那。

每逢"哈夏"，总不免想起音乐的"宫"中岁月。她让我在那贫瘠的年代里，感到充实。

（原载 2021 年 9 月 23 日《哈尔滨日报 太阳岛》本文有删改）

金色音画扑面来

江山如画。

如画的江山,是说歌曲中唱的《我的祖国》,是说华夏 14 亿儿女共同的名字——中华儿女。

而于大美龙江,大美哈尔滨而言,今年国庆,江山如画,更是一幅用金曲、金色画卷展示的观赏台——"庆祝中华人民共和国成立 73 周年《江山如画》系列户外交响盛宴"之一,由著名指挥家汤沐海指挥哈尔滨交响乐团、哈尔滨市歌剧院合唱团、哈尔滨音乐厅合唱团奉献的交响音乐会,于 10 月 3 日晚在央视音乐频道和央视中文国际频道播出,后又多次重播。近 70 分钟的演奏,24 首音乐作品,融赞美哈尔滨、讴歌黑土地、歌颂祖国的经典音乐作品与哈尔滨城市风光、辽阔黑土地经典景色于一框,精彩纷呈,魅力十足,让全国、全世界的观众从北方音乐和北国风光中,尽享音乐与美景带来的视觉、听觉盛宴,大饱"眼福""耳福",领略"音乐之城"的内涵与魅力。

反复欣赏了数遍，每次重播都不放过。赏不够，听不厌。音乐多是改编后传唱大江南北数十年的北方"老歌"，熟悉又清新，入脑又入心。更多的是为《江山如画》中的哈尔滨、黑土地的大美所惊艳，所震撼。

北国风光，江山如画。从扑面而来的音画中，才发现，哈尔滨、黑土地的主色调是金色的。金曲、金色画面，闪耀在脑海里，金光璀璨，辉煌无限。

钢琴、大提琴、手风琴、小提琴演绎的北国金曲《我爱你，塞北的雪》，将听众带入北国边疆。悠扬动听的旋律，拉开了交响音乐会的序幕。哈尔滨音乐公园的金色长廊，巍然耸立在天高江阔的背景画面中；北国黑土地上的皑皑白雪，与乐队置身于如同钢琴黑白键盘的露天乐台，在夕照的阳光下，呈现出高贵的金色。伴着耳熟能详、常听常新的动人金曲，浑然一体，处处生辉。美醉啦！在北国风光与"音乐之城"的仙境中，一幅幅优美的金色画面，随袅袅仙乐，纷至沓来。金色的新艺术运动风格的哈尔滨火车站，竟是那么新潮，真的很"艺术"，艺术得很。夕照下的松花江公路大桥，在无人机摄影的视野里，留下难得一见的"从头到尾"的雄伟身姿。被夕阳镀成"金身"的防洪纪念塔，越发显得挺拔俊秀、庄严肃穆，永远那么"年轻"。披着金色霞光的圣·索菲亚教堂，一座典型的精美工艺品，玲珑剔透，晶莹闪亮，处处透着智慧和灵气。夕阳下，金碧辉煌的哈尔滨大剧院，舞动婀娜的身姿，伴着醉人的音乐，翩翩起舞。晶莹剔透的哈尔滨音乐厅，本是银光闪闪，却在夕辉中，金丝金鳞，金光闪烁，如同宝石。在《江山如画》里，哈尔滨真的美如金色的画卷。

一曲《看秧歌》，轻快诙谐，优美动听，道出黑土地的民俗风情和生活情趣。深情的小提琴引出童声合唱《乌苏里船歌》，把听众的记忆拉回数十年前，那是老戏匣子经常播放的歌声。霞光背景里，赫哲人在小船上撒下幸福网，金色的鱼儿在歌声中跳跃。童声合唱《鄂伦春小唱》欢快跳跃而来，一群鄂伦春学童在金色的秋光里，舞动手中秋叶，伴着色彩斑斓的服饰和灿烂的笑脸，一幅金色的幸福生活图。在欢乐的曲调《红太阳照边疆》中，才弄懂，边疆黑土地在阳光照耀下，泛着金光，山河壮美，秀丽如画。

一曲在20世纪80年代让哈尔滨成为外地无数年轻人梦想的《太阳岛上》，让人热血沸腾，心潮澎湃。总觉得这首歌应当是哈尔滨的市歌。当年，许多外地人甚至觉得，没来过太阳岛，就不算来过哈尔滨。画面里，金色的太阳门，那仿佛新艺术风格的"窗"，格外有新意，且十分艺术。太阳石上，赵朴初雄浑厚重的"太阳岛"题字，在阳光下，金灿灿，光艳艳，格外好看。

歌手李健赞美家乡的《松花江》《风吹麦浪》《故乡山川》，使得在哈尔滨音乐厅"水上舞台"上钢琴五重奏陪伴下的江畔夕照、麦浪和辽阔黑土地秋日丰收画面里，处处闪耀着金色的光芒。这是迷人的"小夜曲"，真挚又浓郁，温馨又浪漫，美不胜收。

雄浑的男声合唱《浪花里飞出欢乐的歌》，联想着歌词中唱的"江南江北好景色""北国江城好巍峨"，欣赏着画面里家乡的新、靓、美，品味着当年初听这首歌曲时的感受，和眼下对比，对"唱不尽美好新生活"的含义的感受有所领悟，感慨万千。

代表北方风韵的钢琴、芭蕾共同组成的漫天《雪花》，飞飞扬扬，飘飘洒洒，洁白轻盈，风光无限。《智取威虎山》《边疆的泉水清又纯》《英雄赞歌》《在那桃花盛开的地方》等的音乐画面绽放着万种风情，令人赏心悦目。独特的巴扬，以哈尔滨大剧院为舞台，上演了《春天的芭蕾》，高贵典雅，无与伦比。

交响乐《丰年序曲》（节选），在华灯初上、遍地金色灯光的映照下，演绎着与辽阔黑土地的丰收景象，回荡在广袤的大地上。夜晚，松花江公路大桥和市区道路成为一条条金色缎带，流动的车灯让城市在金色的夜色中，随音乐舞动起来。那是金色长龙之舞在庆丰收吗？

由东北民歌改编的《摇篮曲》（节选），摇动着满天星光和金光闪闪的魅力城市，让无数拥有着金色童年的孩子进入金色梦乡。

《多情的土地》展示了北疆的辽阔和深情。是啊，多少人曾在这里献出过青春哪。为新中国的成立和发展建设做出过巨大贡献的北疆，充满豪迈和自豪。

《漠河舞厅》《光明颂》之后，一曲《我的祖国》把交响音乐会带入高潮。走过了73年艰辛路程的伟大祖国，如今，辉煌灿烂，江山如画。

喜欢这种情调，在钢琴曲《我的祖国》中，徜徉在中央大街，入门处"中央大街"四个隶书金色大字是那样的醒目典雅，熠熠生辉。常去中央大街，却很少关注座门和上面的字，竟是那么精美气派。哈尔滨的处处景观，抒发着对祖国的浓情，赞美着祖国的荣耀和辉煌，表达着对祖国的真情和热爱，正合《我的祖国》歌词所表达的心声。

舞动的巴扬

喜欢欣赏音乐会,源于爱音乐。许多经典场景,令人难以忘怀。其中,记忆最深刻的节目,是第33届中国·哈尔滨之夏音乐会期间,在哈尔滨大剧院,欣赏俄罗斯国立远东歌舞团表演的一个小舞蹈,让我感受到了俄罗斯音乐文化的精髓。

7位女舞蹈演员,身着俄罗斯民族盛装出场。高挑儿的个头,高挑儿的鼻梁,不动,就是模特;动,则是舞姿优美的舞神。3位男巴扬演奏员伴奏。音乐如同一阵风,把美丽的舞神们吹来吹去,飘飘欲仙。

倒是一位男巴扬演奏员在翩翩舞姿中渐渐突显。像一池碧荷,升腾起一朵粉红似白的莲花。开始,他坐在后排的矮凳上伴奏。稍显不同的是他的表情,喜滋滋如酒后微醺一般。微闭的双目,轻轻晃动亮晶晶的头,让人知道他尚未沉睡——但已完全沉浸在音乐里。像一缕轻风,俯身在姹紫嫣红的百花中。

很明显，他是乐队乃至舞蹈的魂。音乐的抑扬顿挫，轻重缓急，舞蹈的轻移曼舞，疾驰旋转，都在他手中巴扬的引导下，丝丝相连，环环相扣，飘入梦幻。

巴扬优美的声音，低而不沉，高而不亢，如吟如诵，娓娓道来，像极了俄罗斯人演唱的民歌，把俄罗斯舞蹈衬托得更加优美，意境非凡。那架小小的巴扬，好像"长"在演奏员身上的肢体；或者说，那双神奇的手，就是巴扬上的一个部件。熟练得不像是在演奏，而是由流淌的乐曲牵动的水车之轮。

忽然觉得，巴扬是一个舞台。演奏者的手指，是在巴扬上演绎着芭蕾。跳跃腾挪，足尖点地，坚如山，柔似柳，疾如风，轻似燕。这是一位艺术大师。

大师的面部表情，随音乐的行进，魔幻般变化着。或喜，或悲，或凝，或淡，或抒情，或浪漫，或倾诉，或自赏，或激昂，或委婉……面部每一块肌肉都在随乐曲排列组合着。第一次见到，人的面部表情竟会有那么多繁复的内容，洋溢出那样繁复的感情。大师的面部表情谁说不是在跳舞？

高潮来了。大师移至舞台中央，女舞蹈演员半环形衬于后。大师展示出非凡的技艺，各种复杂的演奏技巧和效果在舞台上尽情展现。这不是巴扬，这是一支庞大的乐队，山呼海啸，气势磅礴。最后，大师一面演奏巴扬，一面跳起舞来。与众不同之处，是他的面部、脖颈、肩膀、腰及四肢都在舞动，极富节奏感、韵律感、优美感。尤其是腾跃、旋转，立着旋，蹲着旋，转着圈旋，且速度越来越快越来越快。让人想到芭蕾舞里面最激动人心的舞蹈场面；指尖在巴扬上的弹奏也是越弹越快，越弹越快。让人联想起"百指神魔李斯特"。分不清是巴扬长在了舞者身上，还是舞者变成了巴扬。

这是舞动的巴扬。

视野里，台上的美女演员渐渐消失了，满场的观众也渐渐消失了。乐、舞、美集于一身。舞台似乎越来越小，越来越小……被艺术的气场凝聚成一个小小的世界，一个聚焦的艺术亮点，只剩下舞动的巴扬。

这是艺术的最高境界。

很遗憾，没有记住这位巴扬大师的名字。也许该称作什么斯基，或什么耶夫。无所谓，我总觉得，应该叫作俄罗斯。

（原载 2019 年 11 月 14 日《哈尔滨日报 太阳岛》本文有删改）

《1812 序曲》

喜欢柴可夫斯基管弦乐曲《1812序曲》,因为这部作品浅显易懂,形象生动,优美流畅,新颖鲜活,给人以深刻印象。更是因为它与其他抒发个人情感的一些小调作品不同,是难得的一部充满爱国主义情怀、刚劲有力、阳光、辉煌的大调作品,让听众看到另一个"老柴"。

《1812序曲》在音乐史上,也可以说是一部开先河的作品,是真正的"序曲"。

《1812序曲》是俄国爱国主义音乐的"序曲。"

1880年,为庆祝在1812年被拿破仑入侵莫斯科毁掉的莫斯科救主基督大教堂重建落成典礼,应莫斯科音乐学院院长、他的老师尼古拉·鲁宾斯坦之请而作。《1812序曲》全称《用于莫斯科救主基督大教堂的落成典礼,为大乐队而作的1812年庄严序曲》。该曲于1882年8月20日,在莫斯科救主基督大教堂首演,受到高度盛赞。

1812年,拿破仑率60万大军入侵俄国,俄国军民在库图佐夫的率领下，撤离莫斯科，并坚壁清野，销毁粮草。拿破仑在占领莫斯科一个月后，内外交困，又逢酷寒，被迫退却，在俄军民的围攻下，惨遭大败，最后，仅有2万多士兵回到法国，俄军民取得了最后的胜利。

《1812序曲》以俄国人民在1812年英勇抗击拿破仑军队侵略的历史性胜利为主题。音乐再现了这一历史事件。一个深广的主题，代表俄国广袤的领土和无限风光，以及俄国人民和平安宁的生活。随后一个侵略者的主题，代表法军的侵入和民众的不安和骚动。一段进行曲，表现俄国人民武装上前线。激烈冲突的主题，表现俄法军队的会战，战争的残酷，以及被扭曲的代表法军的《马赛曲》。最后，在教堂钟声和炮声中，展现俄国人民在赢得战争胜利后庆祝的狂欢，把乐曲推向高潮。

苏联著名作家马克西姆·高尔基后来评价："这首序曲是深具人民性的音乐，它以一种新的东西攫住你，把你高举于时代之上，它的声音表达出这一庄严的历史时刻，极具成功地描绘了人民奋起保卫祖国的威力及其雄伟气魄。"有评论家甚至说"柴可夫斯基是1812战争的真正胜利者"。

《1812序曲》是开辟民族乐派新天地的序曲之一。

《1812序曲》荟萃了许多俄国传统民歌因素，以此象征各种情景和情绪。开始即以赞美诗《主啊，拯救你的子民》的旋律，象征俄国人民和平安宁的生活。以法国《马赛曲》

旋律片段，象征拿破仑军队。以婚礼歌曲《在大门旁》的旋律，象征俄国人民在国家危难时刻，仍不失蓬勃朝气和必胜的信心。以两个主题的搏杀冲突象征战争的场面。最后，以格林卡歌剧《伊凡·苏萨宁》的终场合唱《光荣颂》主题，宣告俄国人民的胜利，并以凯旋的欢乐颂作为终曲。这些民歌，曲调优美，极具民族特色，曲调与内容融为一体，恰到好处地展现了各种场景。可以说，《1812序曲》是主要由俄国民歌旋律"拼"成的一幅宏伟的战争历史画卷。

柴可夫斯基作于1880年的《1812序曲》同捷克作曲家斯美塔那作于1879年的管弦乐曲《沃尔塔瓦河》、俄国作曲家鲍罗廷作于1880年的交响音画《在中亚西亚草原上》共同拉开了民族乐派音乐的序幕，引发了一段民族音乐的热潮。如，诞生于1893年捷克作曲家德沃夏克的《e小调第九交响曲》、1888年俄罗斯作曲家里姆斯基－科萨科夫的《舍赫拉查德》、1899年芬兰作曲家西贝柳斯的《芬兰颂》及我国的《黄河大合唱》等一大批民族音乐经典作品。由此也可对柴可夫斯基的音乐有了深刻认识，即善于从民歌中汲取营养，发掘、整理俄国的民间音乐元素，使之弘扬广大。从这个意义上来说，柴可夫斯基对俄国民间音乐的贡献可谓前无古人，后无来者。俄国作曲家斯特拉文斯基称赞道："柴可夫斯基是我们这些人中最为俄国的！"被称作"俄国音乐灵魂"的柴可夫斯基自己也坦言："我出生在一个平静的地方，从儿童时代就装满了一肚子俄国民歌，我深知她的美，因此，我极端爱好俄国灵魂的每一种表现。总之，我是一个彻头彻尾的俄国人。"

《1812序曲》是中国交响乐舞台上演的"序曲"节目。柴可夫斯基这位心中向往遥远东方的作曲家，在其芭蕾舞剧《胡桃夹子》中还专门创作了一段《中国舞曲》。由于对中国不了解，这首中国舞曲几乎没有中国风味。没有想到的是，在他去世后仅15年，他的音乐就来到了中国的舞台上。1908年，哈尔滨中东铁路管理局交响乐团在哈尔滨首次奏响柴可夫斯基的《1812序曲》，这是中国第一次上演交响乐，引起极大轰动，并开启了交响乐的中国之旅。可以说，柴可夫斯基的音乐，在哈尔滨上演的曲目之多，是其他作曲家无法相比的，哈尔滨也是"柴粉"众多的城市，对他的熟悉和喜爱程度，也超出其他作曲家。哈尔滨人甚至中国人亲切地称柴可夫斯基为"老柴"，这是其他作曲家难以分享的荣耀。

（原载2022年5月24日《北京日报 爱乐》 本文有删改）

飞过半个世纪的半首歌

"手拉手儿,
迎着朝阳,
登上深绿色的车厢,
列车奔驰在北方的原野上。
一排排葱绿色的树林,
一片片金红色的高粱,
一座座城镇和村庄。
飞过了,飞过了……"

浓郁的诗意,却不是诗,而是半首歌的歌词。

儿时,在戏匣子里听过这首不知名的歌。因为好听极了,所以听过几次就记住了部分曲子和歌词。可惜,仅会了一半。后来,更多的歌曲,歌颂的歌曲,铿锵的歌曲,高亢的歌曲,更多的歌颂的铿锵的高亢的歌曲,把小小戏匣子塞得满满登登。这首歌的后半截儿,被"憋"了回去,再也听不到了,"断片儿"了。

然而，就是这半首歌，却常常在心里飞过来，飞过去，飞过几十年的岁月。三拍子，慢节奏，抒情性。美，词美，曲美。纯真的感情，浪漫的旋律。满满的幸福，美美的幸福，满满的美美的幸福感，随歌声荡漾。"飞过了，飞过了"，要飞到哪里去？飞到哪里去才会有如此满满的美美的幸福感呢？皆因美。亦因不知其名，不知其下文的神秘。更因铿锵高亢激愤的"运动曲"震耳欲聋，振聋发聩，震荡了许多年，就愈珍惜这唯美的半首歌。

当被父母牵着手，书包里，背着一部《毛泽东选集》合订本、两本词典和课本、一支心爱的笛子，"登上深绿色的车厢"，列车奔驰在去往"北大荒"的原野上。我眺望着车窗外，迎来并送走远处的"一排排葱绿色的树林，一片片金红色的高粱，一座座城镇和村庄"。内心里，惊叹世界之大、之神奇。憧憬着"棒打狍子瓢舀鱼，野鸡飞到饭锅里"那如诗般的远方。心里哼着这半首歌，体会着优美、浪漫的旋律"飞过了，飞过了……"

"北大荒"，古老又新鲜，神秘又神奇。不久，就有了自己的舞台。夏日黄昏，坐在灶前烧火做饭的同时，常常把我仅会的几首歌，吹进笛子里，又从笛子里，放飞到天地间。尤其这半首优美旋律的保留曲目。"飞过了，飞过了……"笛声会飞到哪里呢？是融入晚霞的余晖里，化为一抹金光？还是落入草甸子深处的穆棱河中，泛作波光粼粼的浪花？

"飞过了，飞过了……"转眼，飞过了几十年。转眼，飞过了人生的少年、青年、中年。生活中许多事都化作缕缕烟云，了无痕迹。唯有这半首歌，一直"飞"在心头。

这半首歌优美的旋律，引发了我对优美歌曲的挚爱。并从少年时期，开始收藏歌篇、歌曲集。几十年来，收集、收藏了大量歌篇、歌曲集。只是这半首"飞过了"仍常常在脑海上空，飞来飞去，心有不甘。

寻找这半首歌的歌篇是艰难的。那时正值我家在农村，与许多新出版的歌篇失之交臂。许多人也不知道这首歌。20多年前，单位新来一位喜欢唱歌的大姐。曾是市少年宫合唱队的小演员。请教后得知，这首优美的歌是评剧《三个红领巾》中的插曲。赶紧查阅一本1968年3月哈尔滨师范学院中文系刻字油印的《歌儿唱给毛主席》歌曲集，找到了这首歌，名为《向往北京》。但由于油印模糊，后半截儿仍看不清楚。三年前，在地摊看到一本《东方红》（革命歌曲汇编），其中有评剧插曲《向望北京》。赶紧"淘"来。

疑问解开了。"飞过了"是飞向祖国的心脏——北京。而且，歌曲后半部分仍十分优美。

"飞过了，飞过了，
飞过了我们身旁。
车厢在轻轻地摇晃。
我们瞭望着前方。
北京啊！北京。
人民的首都，
祖国的心脏，

我们来到了毛主席住的地方。

毛主席啊,毛主席!

我们想把志愿来向您讲,

我们要做红色的接班人,

把革命重任承当。"

无怪乎歌曲唱出了那么纯真的感情、浪漫的旋律。满满的幸福,美美的幸福,满满的美美的幸福感,随歌声荡漾。"飞过了,飞过了",原来,是向往北京,向往见到毛主席,才会有如此满满的美美的幸福感。

但新的疑问来了:评剧怎会用歌曲做插曲?搜索网络答曰:评剧《三个红领巾》竟是哈尔滨的一份文化财产!由哈尔滨评剧院音乐创作研究组编剧,张晓东执笔,于1964年创作。为了创新,尝试将评剧与歌曲相结合,就有了这首好听的《向往北京》。其中那句副歌般的旋律"飞过了,飞过了……"可谓"歌眼",是歌中华彩,旋律精华。

中断了50多年的半首歌曲终于拼接完整。心中飞了几十年的歌,终于落地。

非我偏执,皆因歌太美。如此美的歌,焉能不完整?焉能不完美?犹如断臂维纳斯,人们除去铭记美,还有悬在心中断臂的姿势之美。

这半首歌,对我的影响是很大的。由喜爱优美的歌曲,渐渐喜爱中外民歌、中国古曲、外国艺术歌曲、中西方古典音乐。还有,至今仍喜欢乘坐火车。如时间允许,宁可多走几天,也不愿失去这"飞过了"的机会,虽然有飞得更快的飞机，但仍珍惜"登上深绿色的车厢"的体验，任列车奔驰在北方、南方的田野上，眺望"一排排葱绿色的树林，一片片金红色的高粱，一座座城镇和村庄"。此刻，大地如同一架老式唱机，旋转着，播放着雄浑的《大地之歌》。欣赏大美世界在眼前"飞过了，飞过了……"，任思绪飞上天空，在天地间飞翔。如今，"深绿色的车厢"已被动车替代，祖国更加美丽，北京更加美好，人民的生活，发生了翻天覆地的变化。

几十年了，会唱许多优美的歌曲。但这半首歌，如半块美玉，揣在心中，时时给我以温润，以启迪。让我时时轻轻吟唱，乘着歌声的翅膀，伴我飞过如歌岁月，在人生的天地间，自由飞翔。

（原载 2024 年 5 月 31 日《新晚报 人世间》 本文有删改）

念故乡

转瞬八年矣!

2014年1月20日,被誉为"二十世纪世界十大指挥家"之一、当代"指挥帝王"的意大利著名指挥家克劳迪奥·阿巴多因患胃癌逝世,享年80岁。

巨星离世,世界古典音乐乐坛失去了一位德高望重的领军人物。有人评价:在当代,阿巴多的指挥艺术无人替代。也有人慨叹:从此,世界音乐界失去了一种格调,那就是"贵族气质"。

阿巴多大师是我最熟知的音乐指挥家。还有,常听他指挥过我最喜爱的德沃夏克《e小调第九交响曲》。所以,当噩耗传来,悲伤至极。

那是十几年前,因电视台数字电视频道试播,清晨经常播放德沃夏克《e小调第九交响曲》,便有幸经常欣赏这部画面不太清晰但声音优美的经典名曲。尤其第二乐章,很早就会唱的《念故乡》,熟悉、亲切的曲调由英国管舒缓低吟，柔声倾诉，令人心动。只是不明白，指挥大师怎么会这般瘦弱？而且在乐曲演奏中表情为何这般凝重？

大师去世后，我们见证了世人对大师的景仰。世界许多著名乐团都举办了专场音乐会，当代著名指挥家纷纷登台，用大师生前喜欢或亲自指挥过的音乐悼念大师的离去，寄托深深的哀思。我在哈尔滨老会堂音乐厅聆听了哈尔滨交响乐团举办的"致我们曾经拥有又终将逝去的大师克劳迪奥·阿巴多"专场音乐会。其间，演奏了大师生前喜爱并曾多次指挥过的捷克作曲家德沃夏克《e小调第九交响曲》。指挥是中国歌剧舞剧院常任指挥、曾三度获文化和旅游部"优秀指挥奖"的著名指挥家姜金一。我在现场重温了阿巴多大师曾指挥过的这部名曲。曲终，指挥家连连拭泪，许多观众也深受感动，而我已是热泪盈眶。

阿巴多大师病后复出，十分淡定，坚持音乐信念，辞去了柏林爱乐乐团的终身指挥席位，创办了琉森节日管弦乐团，还带领乐团在世界各地交流，并于2009年在北京国家大剧院指挥演出。这位与中国人民感情深厚的大师在北京期间还徒步登上了长城。

领悟了生与死之道的大师，音乐作品发生了质的变化，更加舒缓，更加深邃，更加纯净，并从此登上世界级大师殿堂。

细心乐迷会发现，此后大师指挥的曲目，经常是安魂曲类的作品，如莫扎特的《安魂曲》、贝多芬的《庄严弥撒》、勃拉姆斯的《德意志安魂曲》等，还多次指挥过马勒《第二交响曲（复活）》《大地之歌》等作品。大师是在不断和喜爱他的观众、和他喜爱的世界一次次谢幕，一次次告别，也一次次为自己献上安魂曲。大师对死亡有着独到的理解，没有恐惧，没有幻灭，有的只是安详和寂静。大师的晚年是安静平和的，正如他指挥马勒《大地之歌》结束时那样，随着代表灵魂和心跳远去的鼓声渐行渐远，渐远渐弱，最后归于寂静，而大师目视前方，神态安详，将右手置于心口微微鞠躬，仿佛做最后的告别。这寂静持续，持续，长时间地持续……

当年我在电视中看到的德沃夏克《e小调第九交响曲》，是阿巴多大师罹患胃癌手术后重返乐坛，指挥柏林爱乐乐团的演出录像。

德沃夏克在《e小调第九交响曲》作品中抒发了对波希米亚故乡难以抑制的思念之情。第二乐章因曲调优美，意境深邃，情真意浓，被他在美国的学生、音乐家费希尔改编为合唱曲《念故乡》，后经我国早期音乐人李抱忱和他燕京大学同学郑骞做了中文配译。从此，这首歌传遍华夏。"念故乡，念故乡，故乡真可爱。天甚清，风清凉，乡愁阵阵来。故乡人，今何在，常念念不忘。在他乡，一孤客，寂寞又凄凉。我愿意，回故乡，重返旧家园。众亲友，聚一堂，同享从前乐。"

我忽然懂了，在第二乐章，阿巴多大师满含深情的眼神，亲切而慈祥，留恋而伤感，似有千言万语，欲说还休。而在第四乐章临近结尾处，随着乐曲高潮，音乐反复变奏着主题，仿佛游子思乡的呼号，直至声音嘶哑，撕心裂肺。而此时的阿巴多大师，表情激昂，十分激动，高昂着头，眼神炯炯，瘦弱的脸上肌肉绷紧，干枯的左手紧握成拳，挥舞着。望着那曾经"能抚摸音乐"的"世上最美的左手"，令人心碎。这是一位遥见天堂彼岸的老人，怀着深深的眷恋和无限惆怅，在向自己的故乡、亲人和依依不舍的舞台及观众做最后的诀别！

（原载 2022 年 1 月 24 日《哈尔滨日报 太阳岛》本文有删改）

"掌声协奏曲"

作为"音乐之城",哈尔滨是一座汇聚掌声的城市。

每当"哈夏"音乐会之际,便是大剧院、大小音乐厅掌声响起来之时。犹如一阵阵和煦熏风,掌声与高雅优美的乐声,形成和谐的共鸣。这荡涤灵魂、和风般怡人的清爽,会回荡在每个观众的心里。

音乐会上,掌声是什么?依照著名作曲家、指挥家谭盾"有机音乐"理论和"生活就是音乐,音乐就是生活"观点,以及"非常规乐器"的石头敲击、拍盆中水、手撕纸张的声音都成为音乐的实践,那么,掌声是观众呼应乐团精彩曲目表演的"协奏曲"。

"引子"。音乐会开始前,乐团乐师们落座。此时,音乐厅寂静无声;乐师和观众都在宁心静气,期待经典。首席小提琴出场,观众以热情的掌声,表达对乐团和首席的欢迎和尊重。知道吗?首席小提琴一般还兼乐团乐长和副指挥哪。接着,乐团指挥出场,观众再次热烈鼓掌(观众的掌声是指挥每一次出场的进行曲），表达对乐团、对指挥的欢迎和敬意。指挥在掌声和热目的烘托下，走上指挥台，向观众致意。由此，开启了愉快的音乐欣赏之旅和"掌声协奏曲"。

"第一乐章"曲目结束后的"间奏曲"。对于乐团的精彩演奏，每首乐曲结束后，观众报以热烈的掌声。这些掌声，构成了经典曲目的尾声，延续了乐曲的精彩，活跃了现场的气氛，沟通了台上台下的感情，表达了对经典音乐作品的理解和对指挥、乐团的感激之情。"间奏曲"伴随乐团演奏全程，尤其指挥在演奏结束后的退场，观众的掌声，都是持续和热情的。这掌声，是被经典音乐作品激发出的由衷的被深深感动的共鸣。这掌声真诚而有深意，热情而有温度，容不得稀稀拉拉、敷衍了事、口哨叫喊、顿足跺脚。这掌声，是有"讲究"的，一定在交响曲或协奏曲全部结束后才能使用，每个乐章之间是不能鼓掌的。这是自德国作曲家、指挥家门德尔松开始的，为的是不使音乐厅陷入嘈杂和不影响乐团的注意力。这掌声一直持续到将指挥送到后台，才算完美。指挥家郑小瑛曾说过："每个曲目结束后，观众一定要用掌声将指挥送到后台。否则，最后几步会是非常尴尬的。"节目单的节目全部演完时，观众持续鼓掌，鼓励指挥和乐团奉献出保留曲目。待演出全部结束，观众全体起立，与指挥和乐师们互动，长时间热烈鼓掌，表示对经典作品和精彩演出的享受，表达对指挥和乐团的谢意和敬意，直到大幕落下。

"第二乐章"不和谐掌声"谐谑曲"。耳闻目睹了一些音乐会中的不和谐的掌声,至今如鲠在喉,如芒在背。"第一主题",乐章之间的掌声,大倒胃口。俄罗斯著名指挥家伊玛·拉宾什曾在哈尔滨音乐厅指挥演奏柴可夫斯基《悲怆的交响曲》。这部交响曲是柴可夫斯基的"安魂曲","老柴"把自己"写进了坟墓"。但在第三乐章"充满生命力的快板",乐曲演绎了不断抗争中辉煌的进行曲,欢腾热烈的情绪达到前所未有的高潮。乐章终了,不明就里的一些观众以为全曲结束,马上报以热烈的掌声,犯了乐章之间不鼓掌的大忌。指挥家没有转身,双手向身后急摆,示意不要鼓掌。但这部分"热心"观众热情不减,执意鼓掌,许久才停,令指挥家情绪受到影响。曾有过音乐会演奏乐章之间观众鼓掌,引发献花人员误会,以为演出结束,急忙登台献花的笑话。"第二主题",迫切退场,虎头蛇尾。哈尔滨交响乐团有一次在出国巡演之前在哈尔滨音乐厅演出。节目单上的曲目演出结束时,数名观众鼓了几下掌后便迫不及待,真是迫不及待呀,迫不及待地夺门而出,争相退场。幽默的乐团指挥让工作人员把音乐厅的门关上,然后告诉大家,乐团这是出国前的最后一次排演,所有预备的曲目都要演奏一遍,请大家继续欣赏。于是,观众幸运地多欣赏了五部精彩作品。"迫不及待们"也为其他观众所不齿,成为笑谈。

"第三乐章"聆听寂静。这是欣赏音乐会掌声的最高境界。意大利著名指挥家克劳迪奥·阿巴多曾说过,要学会聆听"寂静"。在他指挥马勒《第四交响曲》《第九交响曲》和《大地之歌》的曲终，都表现出了代表灵魂的乐声在通往天堂路上渐行渐远，直至百籁俱寂的场景。而此刻，全场鸦雀无声，观众完全沉浸在音乐的意境中，仿佛依稀可辨远去的生命之声。有音乐评论以"大师那充满回响的静默"来形容"当最后音符消失后，整个柏林爱乐大厅陷入一片感人的寂静"的动人场面。几十秒钟之后，才是观众激动热情的掌声。还是那场拉宾什大师指挥的"柴六"，一声黯然的锣响，标志生命的终结，全曲结束。指挥家长时间低头伫立，仿佛静听渐渐逝去的生命脚步声。全场静穆，如同默哀。许久，指挥家才慢慢转过身来，用手拭去泪水，向观众鞠躬致意。这一幕，看得出指挥家拉宾什对"老柴"和"柴六"的崇拜和敬重，让我读懂了"老柴"在俄罗斯和俄罗斯音乐史上不可撼动的崇高地位。在遥听生命远去的寂静里，任何不和谐的掌声都是对作品、对"老柴"的亵渎。唯有懂得并领悟，方为合格观众。当指挥转身向观众致意，才是观众掌声的发端。

　　音乐，由三部分组成。作曲家的作品，乐团的演奏，观众或听众，三者缺一不可。作曲家的曲谱，未经乐团演奏，还不是音乐。乐团演奏，无人欣赏，也不是真正意义上的音乐。只有三者合而为一，引起共鸣，才是音乐的真正内涵。由此可知，观众或听众对于音乐何等重要。而观众或听众音乐素养的高低，直接关系到作曲家、指挥家、乐团的创作和演绎，也标志着一座城市的文化和文明程度。作为"音乐之城"的观众，在国内外乐团来哈演出时，应表现出"音乐之城"观众应有的精神风貌，用掌声表达热情、真诚、敬意和谢意。同时，也要用鼓掌的水平展示"音乐之城"观众的音乐文化素养。

  千万别忘了，坐在哈尔滨无论哪座音乐厅里欣赏音乐会，你都是代表"音乐之城"，在奉献"掌声协奏曲"。

"天鹅项下珍珠城"

北国风光的诗情画意之 美

天鹅项下珍珠城

"歌唱天鹅项下珍珠城"。

——题记：《浪花里飞出欢乐的歌》

1980年，中央人民广播电台和《歌曲》杂志社编辑部共同组织了全国"听众喜爱的十五首广播歌曲"评选活动。上榜的歌曲中，赞美哈尔滨的就占了两首，《浪花里飞出欢乐的歌》和《太阳岛上》。令哈尔滨人铭心刻骨的优美旋律，也"火"遍全国。这首最美、最贴切赞颂家乡的歌曲《浪花里飞出欢乐的歌》那句"歌唱天鹅项下珍珠城"的歌词，曾吸引过、自豪过一代人。一座城市，能有如此高雅、珍贵的美誉，怎能不令人醉在其中。

"天鹅项下珍珠城"——美丽的哈尔滨，那么多更加美丽的名字，但只有这个名字，引发人的无尽联想，阳春白雪，尊贵典雅。

其实，早在1959年，"天鹅项下珍珠城"就已经出名，火遍大江南北。

天鹅项下,是指黑龙江地图很像一只昂头而唱的天鹅。出自1959年时任黑龙江省委书记强晓初(后任中纪委书记)的诗句:"锦绣富饶黑龙江,犹如天鹅昂头唱"(《黑龙江颂》)。1959年9月,该诗收入北方文艺出版社为庆祝中华人民共和国成立十周年出版的诗集《送"北大荒"》。

"天鹅项下珍珠城",是指在黑龙江地图上,哈尔滨犹如天鹅项下的一颗珍珠。源自原哈尔滨市市长吕其恩为庆祝中华人民共和国成立十周年撰写的一篇赞美哈尔滨的散文《天鹅项下一颗珍珠》,该文1959年10月16日发表于《人民日报》副刊。"展开我国地图,在它的东北角上有一只矫健的天鹅,这是塞北的'天府之国'——黑龙江省。哈尔滨,这座祖国北方的重要工业城市,如同一颗璀璨的珍珠,挂在天鹅项下,镶嵌在富饶美丽的松花江之滨。"文中,老市长自豪地如数家珍般赞美了"共和国骄子"哈尔滨的各方面建设成就,方方面面,林林总总,包括"刚满一岁"的防洪纪念塔,诗情画意,情真意切。从此,"天鹅项下珍珠城"成为哈尔滨的又一"雅名"。

这么诗意的名字,让人想到天鹅,想到天鹅之美。

天鹅之美,美到了无暇,美到了境界,美到了极致,美到了完美。天鹅是禽类,却脱去了禽类你争我夺的凡俗,位尊禽类的至高;天鹅属动物,却远离动物弱肉强食的属性。天鹅,已超出禽类、动物的范畴,准确地说,更像是自然界的天使。天鹅之美,美在其形。高昂的头颅,不自觉中,仿佛傲视世间万物;脖颈弯曲,呈一道优美的曲线,犹如一架竖琴；洁白的羽毛，纯洁得纤尘不染，白得炫人眼目；忽而兴致勃发，在水面引颈振翅，健步如飞；忽而悠然忘形，静谧安详，委婉柔情；在长空高飞时，一箭冲天，其身姿被协和式超音速客机所模仿；在水中游弋时，一潭推波，其形体为江南船舫所临摹。天鹅之美，美在其神。举止优雅，雍容华贵，超凡脱俗，令人陶醉，是禽类中的谦谦君子，款款绅士。性情柔美，秉性善良，超然世外，与世无争，与自然界和睦相处，集高尚、尊严、仁厚性情于一身，赢得人们的崇敬和仰慕。天鹅之美，美在磅礴大气，志存高远。碧水如镜的"天鹅湖"仅是天鹅小憩、餐饮、恋爱的"度假村"，万里蓝天才是天鹅的家。向往远方，向着远方，才是天鹅的使命。在湖水中凫游，是嬉戏、休息、求偶的仪式，而在9000米高空的"水线"翱翔，才是天鹅的本能。好高骛远，是只对天鹅而言的赞美，对其他动物都是贬义词，也包括人类。即使地球之巅的珠穆朗玛峰，在天鹅眼里也只需俯视，且能一跃而过。蓝天高啊，"高处不胜寒"，而对天鹅而言，万里蓝天永远是春天。天鹅之美，美在忠贞。天鹅多为一夫一妻制，成双成对，相伴终生。不知人类表达爱情的心形是不是从两只天鹅相对拥吻的形状学来的。据说，如果夫妻中一只死亡，另一只会在孤独和死亡之间选择后者，将在最后的午夜引颈痛声哀嚎，直至悲痛而终。古人认为天鹅是神奇的歌手，但平时不歌唱，只有在生命弥留之际，才用和谐的声音作为最后叹息的前奏，它是要对生命做一个哀痛深情的告别。

这声调，如怨如诉，低沉、悲伤、凄黯，这是自己的丧歌和安魂曲。于是，每逢谈到一个天才临终前所做的最后一次飞扬，最后一次辉煌表现时，人们总是无限感慨地想到这个动人的词语——天鹅之歌。无怪乎柴可夫斯基在芭蕾舞剧《天鹅湖》中的许多音乐都含有淡淡的忧伤，忧伤的"老柴"用优美的曲调写忧伤、优美的天鹅，绝配。忧伤到至美、冷艳的境地，在艺术上登峰造极。虽然，以天鹅的故事来讲述人世间的欺诈、争斗有过俗之嫌，但是，用人、用芭蕾舞来演绎天鹅才是至纯至上的艺术。天鹅之美，已成为一种象征。古希腊诗人奥维德形容美女迦拉蒂"比天鹅的羽毛还柔美"；美女海伦具有"天鹅般的体貌"；许多民族把"白如天鹅"作为成语；而在古叙利亚人的语言里，"白"和"天鹅"两个名词是同一个字；传说中的美神维纳斯用天鹅拉车；在古罗马传说中，天鹅就是朱庇特（宙斯）的幻形。

　　常去松花江畔市青年宫前，在白天鹅美丽塑像下，欣赏、端详、拍照，真真是美的化身，引发滔滔诗情。清晨，顺光拍照，是白天鹅；黄昏，逆光拍照，就是黑天鹅。如今，太阳岛上，又"飞"来一只银白色的"天鹅"。这是俄罗斯美协主席、国际艺术家协会联合会主席、俄罗斯联邦总统文化艺术委员会委员安·尼·科瓦利丘克，为庆祝中华人民共和国成立70周年和中俄建交70周年，在中国设计的首个大型城市雕塑。"天鹅"在太阳岛太阳湖中央临水伫立的优美曲线，于独一无二的景观中呈现出艺术与自然的融合，如冰雕雪塑，晶莹剔透，精美绝伦。两只天鹅，隔江遥望。一为"冰城"，一为"夏都"，寓满诗意，引人浮想。

是啊，天鹅项下珍珠城——哈尔滨，洋气、大气、纯净、洁白、包容、和谐、高远、奋进。

大概许多人不知道，在哈尔滨的太阳岛，就有一个天鹅湖。湖面碧波荡漾，水草肥美。每年4月中旬至10月中旬，会有一群天鹅在湖水里悠闲自在地遨游，与游人见面。其中，还有少见的黑天鹅。能近距离欣赏天鹅那种高贵优雅的人间至美，该是一种吉祥和幸运。

至于"天鹅项下"的那颗珍珠——哈尔滨，更是有着浑身闪耀的光芒……

后 记

本书涉及一些建筑名称、建筑地址、建筑风格等，主要依据：《凝固的乐章——哈尔滨市保护建筑纵览（共5册）》（哈尔滨市城市规划局编，中国建筑工业出版社，2005—2013年出版）、《哈尔滨保护建筑》（聂云凌主编，黑龙江人民出版社，2005年出版）、《留住城市的记忆——哈尔滨历史建筑寻踪》（阿唐著，黑龙江人民出版社，2016年出版）、《哈尔滨建筑艺术》（常怀生编著，黑龙江科学技术出版社，1990年出版）、《碰撞与交融——哈尔滨道外近代建筑文化解读》（王岩著，哈尔滨工业大学出版社，2018年出版）、《世纪之交的华美乐章——哈尔滨"新艺术"建筑解析》（梁玮男著，华中科技大学出版社，2009年出版）、《哈尔滨近代建筑外装饰的审美研究》（何颖著，中国建筑出版社，2018年出版）等。

由于一些老建筑随用途改变，建筑名称和地址（门牌号）变动非常大，出现了记忆中的经典建筑与现实中的新名称"对不上号"现象，而且，日后这种变动还会发生。

为此，本书中涉及的一些老建筑名称，地址原则上依照上述权威资料所确定的名称、地址，虽有的与现实有出入，但毕竟是权威部门、专家根据当时的实际情况确定的，具有一定的科学性和权威性。